I0764599

# Vagabonds

DU MÊME AUTEUR

aux éditions San d'Arínje :
*Les murmures du célesta,* 2014
*Chroniques d'Ymérie, l'oiseau de feu, tome 11,* 2014
*Le labyrinthe,* 2014

AUTRES PUBLICATIONS

aux éditions Le manuscrit :
*Chroniques d'Ymérie, l'oiseau de pluie, tome 1,* 2014

aux éditions Bénévent :
*Faucon d'Ymène,* 2011
*Le paravent de brume et de pluie,* 2009
*Tesselles suivi de Cybèle,* 2008

ISBN : 978-2-9548623-7-8

# Vagabonds

Joël Pagé

Initialement, les *Chroniques d'Ymérie* étaient composées de trois parties. Les aléas de l'édition princeps auront été fatals à la première partie, subsistèrent *L'oiseau de pluie* et *L'oiseau de feu.*

Cette histoire enfin révélée, façon de prologue aux *Chroniques*, offre à découvrir un autre Ghilsham, un autre Flínkrýss. Elle nous éclaire tant sur leur âme que sur le fond de leur cœur.

Joël Pagé, 15/6/2014.

Au début, leurs regards s'affrontèrent. Ensuite, le bruit du sang qui affluait dans leur cœur leur rappela qu'ils étaient frères.

À force d'errer l'un l'autre aux bois très verts des pays d'Ymérie ils en étaient arrivés à oublier la singularité de leur espèce. Elle différait d'avec le vent, d'avec la pluie, le feu des jours, la pourriture luxueuse des sentiers sylvestres. Elle avait à voir avec tout cela à la fois par la fulgurance des pensées qui s'estompent, répandaient en eux comme la traînée vespérale d'une bougie trop vite mouchée.

L'homme aux cheveux blonds s'était arrêté parmi les débris d'arrière-saison d'un haut chêne. Dans sa tenue automnale, quelque chose entre la feuille morte et un arbuste trop cuit par l'hiver, il faisait corps avec l'arbre. Il avait un peu d'une hamadryade momentanément soufflée hors des illusions censées la dissimuler des esprits prosaïques dépourvus d'imagination.

L'homme aux cheveux noirs se tenait en vis-à-vis, au bord du vallon d'où il venait de déboucher. Là-bas, derrière lui, bouillonnait une façon de gamelle embrumée.

Des houppiers très noirs s'élançaient au-dessus, brouillonnes figurations d'armes émoussées. Il risqua un premier pas, un second sur un carré de violettes où donnait le matin fébrile.

« Je vais par là, dans le vert, déclara-t-il le ton péremptoire, indiquant du menton la muraille mordorée dans le dos de l'homme aux cheveux blonds avec une expression de défi.

– Moi aussi. Ses yeux tombèrent sur ses bottes. Leur état de délabrement était avancé. Il avait dû marcher, plus que de raison. Il eut un sourire énigmatique, s'agenouilla, fouilla son sac de voyage et lui jeta une lanière de cuir. Tiens ! Il faut que nous courions à la même allure. J'ai un grand sens de l'équité.

L'homme aux cheveux noirs acquiesça, la ramassa, fit plusieurs tours à sa semelle droite qui bâillait d'une façon désastreuse.

– Merci, *qui* ?

– Flínkrýss.

– Ghilsham, te remercie.

Il expérimenta le confort qu'il venait d'acquérir. en faisant quelques pas. Satisfait, il secoua la tête. Flínkrýss montra la verdure, ses obscurités, ses fronts de lumière où des arabesques d'insectes veillaient. Par ce geste, il l'invitait à rejoindre l'inconnu, ce pays d'aventure offert à leur corps et leur âme.

– Je te suis, approuva Ghilsham.

Là-dessus, Flínkrýss détala. Il ignorait s'il possédait assez de force pour rejoindre ce point d'or mouvant qu'il avait désigné, dans un excès de langage. Il en allait de même pour Ghilsham.

Ils coururent sur une centaine de mètres avant qu'un ruisseau ne fournît un prétexte à leur fatigue si prompte à les prendre, eux, qui avaient voulu se défier comme deux frères.

– Ma gourde est vide, trouva Ghilsham hors d'haleine, les yeux pleins de ces d'étoiles qui viennent avec la fatigue.

– La mienne aussi, répondit Flínkrýss, la lèvre tremblante.

Ni l'un ni l'autre ne possédait de gourde. Paumes jointes, telles deux bêtes sauvages qui se seraient battues, s'accorderaient des moments de répit pour respecter un code d'honneur, ils s'étaient penchés pour boire, longtemps, et plus que nécessaire car tous deux mouraient de faim. La vie leur était devenue un chemin trop net. Les sentiers de musarde les avaient happés, nourris par leurs illusions.

Ghilsham émit un grand bruit de satisfaction d'avoir pu étancher sa soif. Flínkrýss ne l'imita pas. Il le fixa, l'air bizarre. Se mettant à genoux et observant leurs profils flétris par l'onde, il se décida à lui révéler ce qu'il était, sans fard : un vagabond. Il s'était lassé de ce grand jeu de dupe qui « met » les hommes ensemble dans une fratrie factice. « Chacun danse l'un contre l'autre, le sourire aux lèvres. Mais ce qui se passe, au vrai, c'est que chacun attend le moment opportun pour te planter un couteau dans le dos. » Il avait fui le commerce des hommes, à cause de cela. Ghilsham lui répondit au pareil.

Tous deux erraient, affamés plus que de raison. Ils avaient fui leurs frères à la recherche d'autre chose, sans savoir ce que c'était. Cette extrême liberté les rapprocha un peu plus.

– Tu as merveilleusement piétiné mon repas, dit Flínkrýss, tandis qu'il guignait le lacet serré sur sa semelle si lâche.

– Comment ? C'est tout ce qu'il te restait pour… ? Qu'à cela ne tienne. Reprends-le, insista Ghilsham.

– Non ! Il posa sa main pâle sur son épaule. Elle avait été écorchée par la verdure qu'il avait traversée de front, crainte d'être semé puis de perdre à jamais la conversation, la présence si rassurante de cet homme aux cheveux noirs. Non, répéta-t-il, un peu effrayé par ce qu'il avait au cœur, qui lui débordait des lèvres, malgré lui. C'est un cadeau. Il est à toi. Il détourna son visage, l'aspergea, eut une espèce de hochement mélancolique. Je vais te faire un aveu à son sujet, Ghilsham. Ce lacet est le reste d'un élégant baudrier, murmura-t-il. Il était ponctué de perles de bois rares qui se sont perdues, en chemin. Les bois rares sont, par leur nature, faits pour se perdre. Pourquoi devrions-nous espérer les posséder à jamais ?

– Que soutenait-il ? s'enquit Ghilsham.

– Une épée. Il eut un sourire narquois. L'Ère prestigieuse du fer a passé. L'époque est à la détente. Libérons-nous de toutes ces breloques, Ghilsham. Elles sont si encombrantes et nous polluent si vite l'âme. Nous avons tant à faire, si peu de lucidité pour si peu de temps. Il avait envie d'ajouter « Comment pourrions-nous nous améliorer en restant humbles, avec toute la matière qui est en chacun de nous ? »

– J'avais une épée, avoua Ghilsham.

– Et te voici devenu archer, constata Flínkrýss, qui effleura l'arc ceignant son buste de l'épaule à la hanche.

– Tu parles de ça ? Je t'assure, ce n'est rien. Ce n'est qu'un décor. Je suis le plus piètre archer qui soit dans toute l'Ymérie. Je n'ai jamais réussi à tuer un lapin. Une fois, je blessai une biche. Elle s'enfuit, ma flèche accrochée à sa chair ensanglantée. Je retrouvai sa carcasse, quelques jours après. Des prédateurs l'avaient dévorée. Tu vois, je suis maladroit, juste bon à faire mal. Il sourit. Son dépit avait l'arôme d'une confidence. À la longue, je m'y suis attaché à ce morceau de bois. C'est devenu une dépendance, dont je ne peux me débarrasser. Certes, il ne m'est d'aucune utilité, et cependant il est indispensable à mon corps, comme un vieux souvenir.

– Qu'as-tu dans ce sac ?

– Et toi ? rétorqua Ghilsham.

Flínkrýss plissa la bouche. *Nous, les pauvres hères, n'avons plus de secrets que dans nos cœurs, pas dans nos sacs*, songea-t-il.

– On peut blesser, sans tirer une seule flèche, murmura-t-il.

Ghilsham se ressaisit aussitôt, craignant qu'il ne l'abandonnât. Flínkrýss le regarda déballer tout ce qui lui appartenait.

– J'ai des gamelles, des ustensiles, des porte-bonheur.

Flínkrýss répertoria un petit chaudron bosselé, une louche épatée et deux bouts de bois mis en forme de cuiller. Les prétendus porte-bonheur l'impressionnèrent. Tous ces restes de fleurs, de fruits et de brindilles bigarrées évoquaient les fumets de terres lointaines qui lui resteraient à jamais inconnues. Lui, la faim et le manque de forces l'avaient écarté de ces contrées vers quoi son être brûlait de tendre. *L'imaginaire est notre trésor*, songea-t-il.

Il observa mieux Ghilsham, son port, la façon qu'il avait de poser ses mains bien symétriques par rapport à son buste. Il avait dû être riche, riche de soi-même et plein d'un goût très sûr pour avoir amassé tout cela sans que cela parût superflu ou factice, et l'avoir gardé, malgré sa misère.

Ghilsham s'apprêtait à lui expliquer ce que c'était, quel était le nom de chacun des « trésors » lorsque Flínkrýss l'implora d'attendre.

À son tour, il déversa devant lui tout un tas de formes de son sac, des feuilles coriaces, des coléoptères aux élytres chatoyants, des petites pierres givreuses et des brindilles de toute sorte.

Ghilsham acquiesça. Il avait ramassé tout cela, lui aussi, du temps de sa jeunesse. Il s'estimait de vingt ans l'aîné de Flínkrýss, mais leur aspect miséreux gommait cette différence d'âge et les faisait semblables.

Ghilsham avait jeté la plupart de ces formes ramassées au monde, las. Si certaines, superflues à son être, ne l'avaient pas marqué, d'autres lui avaient laissé des empreintes indélébiles, comme on voie aux falaises qui surplombent l'océan une succession de couches, imprécises, qui dissimulent leur quintessence dans la roche. D'autres empreintes l'avaient quitté, poncées par la violence du temps. L'homme aux cheveux noirs se reconnaissait trop dans cette collecte, et c'était sans doute cette espèce de séduction ancienne soudain exposée devant lui qui le mit dans de meilleures dispositions à l'égard de Flínkrýss. Il se sentait comme devant son passé.

Un parfum d'indulgence lui vint au cœur. Il voulait aider ce jeune homme, l'épargner des chausse-trappes, de toutes ces impasses qui lui avaient meurtri le cœur autant que l'âme.

– Évidemment, si nous étions des oiseaux ou des chenilles, nous pourrions nous contenter de ces feuilles, et dîner jusqu'à l'automne, ironisa Ghilsham.

– Évidemment, Ghilsham, évidemment. Dis-moi, d'où tu viens, n'y avait-il pas des buissons de baies ? quelque chose de nourrissant ? demanda le jeune vagabond, de la salive sur la langue et ses dents.

– Je m'enfonçais aux bois pour cette raison, regretta Ghilsham. La brume, m'a toujours été mauvaise conseillère puisqu'elle ne cherche qu'à nous séduire. Mieux vaut lui préférer la franchise du Soleil.

– Oui, soupira Flínkrýss. Bien sûr, bien sûr. En ce cas, faisons bouillir quelque chose, veux-tu ? Fouillons la terre, arrachons des racines. À nous deux, nous trouverons de quoi manger. On tient bien avec ça.

– Non, pas de racines ! coupa Ghilsham, qui le retint par le bras. Non, répéta-t-il un ton plus bas comme s'il redoutait d'être entendu. On ne sait pas ce qui dort sous la terre. Il ne faut pas l'effrayer. Il faut la préserver, l'épargner. Ce qui est caché ne doit pas être dérangé. Il faut manger ces fleurs qui nous offrent leur cœur. Regarde, Flínkrýss ! Regarde toutes ces violettes et ces coucous !

Flínkrýss décela une espèce de panique dans la voix de son nouvel ami, enclin à une forme de superstition. Il n'osa pas lui poser de questions mais se demanda s'il ne croyait pas, lui aussi, comme ces gens qu'il avait croisés à des lieues de là, que toute forme morte trouve du repos dans la terre, avant de revenir au monde de la lumière pour y mourir, à nouveau.

Il alla prélever, une sorte d'excuse dans le geste, son petit déjeuner dans un massif de fleurs. L'odeur de sève avait quelque chose d'extraordinaire.

Après qu'il eut mâché, puis croqué sans retenue cette verdure qu'il n'avait jamais osé détruire, alors trop émerveillé par leur fragile beauté, il remercia Ghilsham de lui avoir révélé ce secret qui aurait pu lui épargner bien des faims.

– Si j'avais su, j'aurais pu voir tous les palais de l'Ymérie et de plus loin que l'Ymérie. Imagines-tu, Ghilsham, que les fleurs sustentent au bonheur de nos yeux, et contentent notre ventre par la même occasion ? C'est incroyable.

– Qu'est-ce qui t'a retenu jusque-là ? Tu mangeais des racines, et pas les fleurs ?

– Oui. C'est que, j'aurais eu le sentiment de m'arracher un membre à manger un seul pétale.

Ghilsham lui tapota le front, dans une affection indulgente. Il se leva, glana des fleurs puis les déposa aux pieds du jeune vagabond.

– Et toi ? N'en veux-tu pas ? s'étonna Flínkrýss.

– Je n'ai plus faim. Je me contente de si peu depuis des années. Prends te dis-je. Il faut que tu te remplisses le ventre. Nous avons du chemin devant nous.

– Du chemin ?

– Je veux te montrer l'océan.

– L'*ochéan.*

– Ne parle pas la bouche pleine, veux-tu ?

– J'ignorais qu'il est si proche.

– N'as-tu pas humé le fond de l'air ?

– Du matin au soir.

– Et ne lui as-tu jamais trouvé une odeur nouvelle, un parfum d'iode ?

– D'*iode* ?

– L'océan en est plein. Ça te fait au nez ce que la transpiration te laisse au corps, quand tu as couru ; le goût du sel.

Flínkrýss le regarda par en dessous, intrigué par son affabilité chantournée en digressions faciles.

– La solitude te pèse tant que tu me proposes un voyage vers l'océan ?

– Pourquoi dis-tu ça ?

– Tu déposes des gerbes de fleurs à mes pieds. On fait ainsi envers l'amant ou le dieu que l'on redoute de contrarier. Craindrais-tu que je ne parte ?

– Va où tu le souhaites, Flínkrýss. Moi, je vais voir l'océan. Tel est mon chemin.

Là-dessus, il remballa ses affaires, vérifia que la lanière de cuir n'avait pas bougé puis le salua une dernière fois pour son précieux cadeau.

– Attends ! Attends-moi !

– Souffrirais-tu de la solitude ? rétorqua Ghilsham dos tourné, dans un ombrage sans relief qui tombait d'un houppier.

Flínkrýss était sûr qu'il avait souri en disant cela.

– La solitude ? Bah ! Ce que je veux, c'est connaître le nom de ces fleurs et de ces fruits secs que tu as dans ton sac. Et surtout, imaginer où ils ont poussé. Tu n'as pas dû les trimbaler sans raison. Tu as dû leur accrocher, à chacun, quantité de souvenirs, de paysages et de visages. J'aimerais que nous en discutions. Il se rapprocha, baluchon à l'épaule, le dépassa. Et puis, dans cet océan, il doit y avoir beaucoup à manger. Je veux savoir ce que c'est que la pêche éternelle.

– Saurais-tu pêcher ?

Flínkrýss ne répondit pas, s'enfonça dans le vert avec un air hautain qui lui seyait, comme il sied à quelque prince qui aurait pris le monde pour palais. Ghilsham lui emboîta le pas, tout sourire. Les frondaisons des arbres se refermèrent derrière eux.

À peine Ghilsham achevait-il la construction de leur abri nocturne, un trou profond aménagé entre les racines poussées en arche d'un érable sycomore, le tout couronné d'un treillis de fougères, à peine le feu commençait-il à réchauffer leur gîte de fortune que le jeune vagabond réclama l'accès vers la sortie. Il y avait un unique passage dans leur petite caverne de bois, de sorte que Ghilsham, couché, le gênait et devait impérativement se lever.

– Cela ne peut attendre demain ? Le jour va tomber.

– Ghilsham, veux-tu me prêter ton arc ? Je vais ramener du gibier.

– Mon arc ? Saurais-tu tirer ?

– Non. Mais il faut que j'essaie. Il le faut, il le faut, s'enflamma-t-il, menaçant la stabilité de leur toit par ses grands gestes désordonnés. Je ne sais pas. Ça me brûle, là, et il se toucha l'endroit où était logé son cœur.

– Bon, bon, plia l'homme aux cheveux noirs. Il fouilla derrière lui. Tiens, il est à toi, et n'en parlons plus. Mais il ne s'attendait pas à ce qu'il sortît. Veux-tu réellement chasser ?

Flínkrýss ne l'écouta pas, se saisit de l'arc.

– Merci, Ghilsham. Merci !

–Prends ça aussi. Mais, je n'ai que ces deux flèches. Ne les brise pas. Ne les perds pas. C'est du très bon peuplier. Même si je ne m'en sers jamais, j'y tiens. Je te l'ai dit, c'est comme un fétiche.

Flínkrýss opina, s'extirpa hors du trou puis s'évanouit dans la forêt qui s'enténébrait. Craignant un temps qu'il ne l'eût volé, Ghilsham écouta le bruit de sa course lointaine, ponctuée du cri de quelques oiseaux effrayés par le passage précipité de ce fol esprit crépusculaire. Il esquissa un sourire. Après tout, cela ne lui déplaisait pas tant que cela d'avoir été roulé par lui.

Il rejoignit sa couche, délicieusement satisfait d'avoir croisé ce jeune drille. À défaut de retrouver son arc et ses flèches, il avait récolté un heureux souvenir, ce qui ne lui était pas arrivé depuis des années.

❀

– Sais-tu cuisiner la perdrix ?

L'homme aux cheveux noirs fut réveillé en sursaut par Flínkrýss. Il le secouait avec force, comme exalté par ses propres paroles.

– Et quoi ? Devrais-je la vider par-dessus le marché ? grogna Ghilsham, arraché d'un songe vaseux, les paupières pleines de sable brûlant, d'oiseaux bleus et de lumières brisées où il avait cru boire à une collection de vœux extraordinaires et féroces.

– Je veux bien tuer des animaux, Ghilsham, rien que pour toi, mon ami. En revanche, je refuse de les dépecer, affirma le jeune homme.

Il déposa les fruits de sa chasse près du petit chaudron mal fichu, accompagné du précieux arc, de la couple de flèches. Ensuite, il croisa les bras dans une espèce d'entêtement contrarié similaire à celui d'un enfant. L'odeur de sang frais mélangé aux plumes souleva Ghilsham hors de sa niche. Il examina les fruits de sa chasse avec plus d'attention.

– Ce sont des tourterelles, pas des perdrix. Il leva la tête. La nuit était tombée depuis peu. Tu as été rapide pour les tirer. Combien de tentatives au juste ?

Flínkrýss cilla.

– Quelle importance.

– Tu as raison, approuva Ghilsham. L'efficacité est un mot inventé par ces mêmes hommes que nous fuyons, qui ont fini par nous rendre la vie impossible.

– N'est-ce pas ? rétorqua Flínkrýss dont le visage s'illumina tel un Soleil. Ne mélangeons pas la raison et la faim.

– Elles ne peuvent coexister en même temps, sinon elles nous seraient préjudiciables.

Il y avait longtemps qu'une viande grillée n'avait pas fondu sur la langue de Ghilsham. Sur-le-champ, il s'occupa des tourterelles. Il les pluma, les vida et les embrocha sous l'œil fasciné de Flínkrýss qui le regarda faire tous ces actes barbares à ces frêles créatures. Après quoi ils s'installèrent autour d'un feu. La fumée s'échappait par une trouée au-dessus de leurs têtes, comme une trace d'esprit gris. Ils tournèrent lentement leur belle pièce de viande fraîche, le sourire aux lèvres.

Ils se sentaient si bien, à présent. Eux qui avaient cru que le temps éloigne les hommes, comme le vent le fait des montagnes. Ils n'en étaient plus aussi certains à présent qu'ils avaient quelque chose à manger.

– Tu m'impressionnes, Flín', avoua Ghilsham.

– *Flín'* ?

– Flín', contraction *ex nihilo* de Flínkrýss.

– Ah !

– N'as-tu pas déjà tiré à l'arc ? En es-tu sûr ? Tu m'as l'air plutôt adroit dans cet exercice.

– Parlons plutôt de l'océan. La viande ne doit pas être dérangée par l'évocation de nos petites capacités. Nous ne sommes pas ensemble pour flatter nos monologues, Ghilsham. L'iode. L'iode.

– Tu as raison. Parlons de l'océan. Donnons-lui plus de réalité.

– J'aimerais, naviguer, lança le jeune vagabond.

Flínkrýss avait lâché le mot comme on ferait quelque vœu pieux.

– Nous verrons des bateaux, de toute sorte, l'assura Ghilsham.

– Naviguerons-nous ? s'enfiévra Flínkrýss à l'idée d'une telle perspective.

– C'est sûrement compliqué, augura Ghilsham, qui donna un angle léger à sa tourterelle afin que son encolure fût léchée par les flammes. Ce qu'il faudrait, c'est s'asseoir et regarder comment font les marins. Mais, je gage que ça ne suffira pas. Ils doivent avoir des secrets pour que leurs bateaux restent sans cesse à la surface de l'eau et ne sombrent pas au moindre coup de vent.

Flínkrýss haussa les épaules.

– Ne flottes-tu pas ? Les bateaux font pareil, comme les barques, et sans soutien d'aucune sorte, je t'assure.

– Crois-tu ? En ce cas, dis-moi, la lumière, pourquoi ne tombe-t-elle pas dans la terre à jamais ? Pourquoi ne reste-t-elle pas prisonnière sous nos pieds ? Elle revient bien au Soleil, par une direction, un sens que j'ignore.

– Elle flotte, elle aussi. Si tu plonges au fond d'une rivière, tu peux voir qu'elle ne s'enfonce que très peu par rapport à la surface.

– Comme un respect ?

Flínkrýss opina, revint à son histoire de navigation, espèce de lubie dont il était féru.

– Les marins n'ont pour secret que celui de la navigation. Il nous faut un bateau, Ghilsham. Avec un peu de réflexion et de pratique, je suis sûr d'y arriver.

– Veux-tu dire, le *manœuvrer* tout seul ?

– M'en crois-tu incapable ?

– Non. Il le guigna. Non, Flínkrýss, car tu as l'arrogance des gens doués.

– Doués ? Doués de quoi ? Doués d'errance ?

Il garda le silence. Les tourterelles lâchaient des gouttes de graisse sur le feu, qui crépitait. Leurs yeux les piquaient. Ils étaient abrutis pas la faim, étrécis par la fraîcheur nocturne qui leur descendait au corps et les faisait frissonner, malgré les flammes.

Ce soir, ils pouvaient parler de n'importe quoi, des bijoux en sautoir des princesses d'Ymérie, de la rosée qui va moitir les forêts, de leur propre mort. Tout sujet était ouvert. Ils étaient heureux.

Flínkrýss relâcha le faîte de l'arbre et rejoignit la terre ferme. L'excitation de sa « découverte » enluminait sa face. Il souriait, avec la beauté cruelle du prédateur sûr de rompre le cou de sa proie.

Depuis que son ami lui avait fait cadeau de l'arc, il ne le quittait plus. Ça lui faisait comme une certitude d'exister.

– Quand on regarde bien, l'horizon a comme des reflets mauves, argentés et dorés. Crois-tu que ?

– C'est cela. L'océan est proche, opina Ghilsham.

– Combien de jours, as-tu dit ? se grisa Flínkrýss, la tête en l'air et les narines dilatées pour mieux sentir la trace du parfum de l'iode *légendaire.*

– Deux, peut-être trois.

– Ce qui m'inquiète, c'est que la forêt est moins giboyeuse. As-tu vu ? Nos chers vieux chênes ont cédé la place aux pins. Il huma ses mains, les frotta sans pouvoir se débarrasser de la sève odoriférante qui s'y était collée. Quant aux fleurs, elles se font rares. Rien ne pousse là-dessous. Qu'allons-nous manger ?

– Eh bien ! C'est que l'heure du régime a sonné. Serre ta ceinture et cesse de râler.

– Ma *ficelle*, rectifia Flínkrýss. Pas ma ceinture.

– Oui. Serre ta ficelle. La route nous appelle, et il fit un grand geste circulaire. Quelques jours à marcher, affamés, ne peuvent anéantir notre ardeur. Marcher, c'est notre foi. Nous *sommes* le temps, Flínkrýss. On n'arrête pas le temps quand sa foi est indemne.

– Oui. Oui. Tu as raison, Ghilsham.

Ils reprirent leur déambulation sur le tapis melliflu étalé aux pieds très noirs des résineux. Cela faisait un drap brun et roux, qui paraissait sans fin, n'eût été la dernière escalade de Flínkrýss qui avait pu goûter l'horizon, inspirant une grande bouffée d'air frais. Au bout de quelques lieues, la soif les harcela.

– J'ai l'impression d'être bu par le sol, imagea le jeune homme.

Ghilsham empoigna son petit chaudron qui leur faisait office de réservoir. L'eau s'épuisait. Et toujours pas de rivière aux alentours, pas le moindre friselis dans ce silence, oppressant, où leurs souffles et le son de leur cœur faisaient un véritable tintamarre.

– Je passe mon tour.

– Moi aussi, répondit Flínkrýss tandis qu'il essuyait la fièvre de son front dans l'espoir qu'elle le laisserait en paix, jusqu'à ce qu'un ruisseau n'éclairât leur route.

– Ce bois est sec, comme un coup de trique.

Il posa la main au tronc d'un chêne-liège qui paraissait mort ; il était couvert d'arantèles et d'aiguilles de pin ; elles pendaient, lamentablement. Loin au-dessus des faîtes un oiseau passa. Un temps, la tache ronde de sa silhouette les rafraîchit.

– Un bon présage, conclut Ghilsham.

– Notre « gourde » ne s'en retrouve pas remplie pour autant.

– Aie confiance, Flín. Nous nous dirigeons vers l'océan. Il y a toujours des cours d'eau qui le rejoignent. Tout revient à sa source, dit-on. Nous en croiserons un, ajouta-t-il avec ferveur.

L'espoir de Ghilsham creusa enfin l'horizon, à trois lieues de là. La rivière, large, portait dans ses flancs les promesses d'un grand fleuve. La berge touffue et verte plut à Flínkrýss pour ce qu'elle devait forcément cacher une grande quantité de gibiers d'eau, et tout autant de promesses de bons repas. Il se mit à saliver aux noms évocateurs murmurés par Ghilsham, inédits aux échos de sa misérable vie.

La *foulque macroule* et le *râle d'eau* lui firent forte impression, de même la *marouette ponctuée* et le *chevalier cul-blanc*. Il ne s'estimait pas capable d'ouvrir le sourire de son arc, et de tuer. La *grue cendrée* était une beauté qu'il ne pouvait souiller. À ses oreilles, tout ça évoquait une espèce de mystère taillé en esprit aérien, chacun évoquant une perfection, une conduite à tenir, dans sa vie, placée là, dans une figuration de chair et de plumes.

Ghilsham lui rappela sa cruauté vis-à-vis des perdrix. Leur faim avait dû les faire passer outre ces beautés. Flínkrýss se tut, mains derrière le dos, effrayé par ces idées de sang qui l'avaient assailli pour rester dans ce monde où il fuyait.

Ils s'approchèrent du cours d'eau, pénétrèrent dans ses étincellements, jusqu'à la taille. À mi-chemin de la terre et du ciel, Ghilsham eut un étrange pressentiment, persuadé que ce moment n'était que l'écho d'un événement similaire, enfoui dans sa mémoire. Il avait déjà éprouvé de cette curieuse sensation qui vous décale incidemment l'esprit dans un reste de rêve, quand le corps tout entier ne l'a vécu qu'allongé. Là, c'était plus fort. Il avait tout oublié du rêve en question, exception faite de ce résidu mélancolique, de cette forme muette prostrée au fond de sa bouche qui anéantissait sa parole. Le sentiment de déjà-vu s'évanouit.

Le vent tourna. D'ouest, il était peuplé de bruits singuliers, durs, qui meurtrissaient l'air, fêlaient la douceur du rivage. Seul Ghilsham put les identifier, lui qui avait côtoyé, visité les grandes cités humaines où l'on se repaît de la terre.

– Des bûcherons. On coupe le bois et on le vend, pour acheter de quoi manger, se vêtir.

– On coupe du bois ? Il faut être pis qu'une bête. Il n'y a qu'à nous incliner, ramasser les branches mortes et...

– Ce qui gît à terre ne suffit pas aux fourneaux et aux cheminées. Nos frères sont gourmands. Veux-tu que nous allions voir sur place ? Tu te rendras mieux compte.

– Est-ce dangereux ?

– Pas plus que de traverser la rivière.

Et il se mit sur le ventre, le forçant à le suivre malgré ses réticences et ses craintes.

Sur l'autre rive, Ghilsham lui révéla que tout travail rapporte un salaire, que c'était une chance de croiser des bûcherons. Ils ne refusaient aucune main-d'œuvre aux gens de passage comme eux, qu'ils payaient bien, sans poser de questions ni n'exigeaient des références qui, inexistantes dans leur cas, les eussent rejetés aussitôt à leur errance. Ils parvinrent trempés sur l'emplacement du débitage. On ne leur fit aucun problème une fois que Ghilsham eut expliqué qu'ils voulaient du travail.

On leur présenta à chacun une hache de très bonne facture. Flínkrýss observa Ghilsham, qui déchira le bas de sa veste pour l'enrouler à ses mains. Il l'imita, attaqua son premier arbre. Deux heures de labeur anéantirent leurs forces. Malgré tout, ils avaient bien travaillé. On avait chargé deux de ces charrettes à bœufs qui partaient vers l'Est, *vers la cité* leur dit-on, par une allée caillouteuse creusée d'ornières qui les faisaient affreusement brinquebaler.

Flínkrýss contempla les pièces brillantes éparpillées dans sa main, sortes de soleils au sourire savoureux, énigmatique.

« Ton émolument », avait dit un bûcheron à l'écharpe verte, tandis qu'il repliait ses gros doigts calleux sur sa fortune pour bien lui montrer qu'elle était sienne.

– Qu'allons-nous en faire ? susurra Flínkrýss.

– C'est votre problème, le guigna le bûcheron, intrigué. Ralliez la cité, proposa-t-il. On y trouve de tout.

– Et vous, n'auriez-vous rien à nous vendre ? questionna Ghilsham. C'est que, nous n'aimons pas la foule. Enfin, vous me comprenez.

– Je vous comprends. Oui, ça peut se faire, et il cligna de l'œil. Un pain chacun, et une bouteille de vin. C'est le quart du salaire.

Ghilsham accepta, même si le prix demandé s'avérait exorbitant et que cet homme les roulait.

Ils s'en retournèrent à leur solitude, soulagés d'être libres, quoique changés, abîmés, car tristes d'avoir meurtri leur indépendance par cet holocauste d'arbres.

Flínkrýss, impressionné par la dimension spectaculaire de son pain, ne l'avait pas touché. Ghilsham l'imita, se contentant de ramasser des fleurs miraculeuses dans une clairière herbue qui avait échappé à l'empire des résineux. Quelques heures plus tard, le couchant embrasait l'horizon. Ghilsham ne chercha pas longtemps pour établir leur campement. Il y avait des arbres un partout, bien que plus espacés. Surtout, l'air sentait très fort le sel, ce qui excita Flínkrýss. Ghilsham s'occupa de leur repas. Flínkrýss chantonnait à part soi, puis se mit à paniquer voyant que son ami allumait un feu, et surtout versait du vin dans le chaudron.

– Que fais-tu ?

– Du vin chaud.

– Quoi ? Faire chauffer *ça* ?

– Tu verras, c'est délicieux. Il agrémenta le liquide rubis d'une sélection de ces fruits secs qu'il conservait dans sa besace en les râpant, à l'aide d'un morceau de pierre biseautée. De la cannelle, dit Ghilsham. Tous les rois en boivent, mélangée au vin, avant de se rendre sur le champ de bataille.

– Je ne suis pas un roi, grommela-t-il. Si ça leur plaît de faire ça, peu m'importe. Il en manque tellement. Pour se donner du courage, sans doute ? hein ?

– Non, pas du courage, mais pour chasser les mauvais esprits. Tu confonds avec la bourrache.

– Ah ! et sa main partit en vrille dans un geste qui moqua son érudition.

Là-dessus il se pencha, huma le fumet convainquant qui s'échappait du chaudron de fortune tandis que Ghilsham mélangeait le tout sans se laisser démonter.

À la fin, ils se mirent à tremper leur cuiller dans ce curieux breuvage. Flínkrýss se résolut à entamer son pain après que Ghilsham lui eut fait goûter un morceau de sa miche, trempé dans le vin, qui s'avéra délicieux.

– Ce sera ma plus belle soirée, depuis…

– Depuis ? releva Ghilsham, curieux d'entendre la suite.

– Depuis que j'ai visité le palais des Kobolds.

Ghilsham se figea.

– Tu as fait quoi ?

– Tu as très bien entendu, Ghilsham. J'ai visité leur palais, et laisse-moi te dire combien il est magnifique.

– Toi ? Tu aurais visité leur palais ?

– Moi.

– Flínkrýss, seul un Kobold peut y entrer, si leur peuple existe bien.

– Ne me déçois pas, Ghilsham, ne sois pas incrédule. J'ai bu à leurs illusions, à leurs doux sortilèges. Je m'en suis rassasié. Là-bas, j'étais partout et nulle part. Le jour se levait dans ma bouche et la nuit mettait de la pesanteur entre mes paumes. J'ai combattu les princes Kobolds. J'étais leur cible, et leur arme. J'étais leur vie, et leur mort, l'instrument de leur renaissance.

Ghilsham se demanda si le vin, à quoi le jeune homme ne devait pas être accoutumé ne lui avait pas tourné la tête. Sa frêle complexion avait de quoi être vite chavirée par l'alcool.

– Vois-tu, notre feu ? reprit Flínkrýss. Je pouvais le traverser, et des plus volumineux encore. Les flammes adhéraient à mon corps, me faisaient un manteau que j'alimentais sans cesse de mes sourires. Il me suffisait de tendre les bras, et les Kobolds venaient près de moi, cueillaient mes fruits de feu, m'embrassaient le visage, brûlaient puis se régénéraient en traversant l'arc de glace qui resplendissait dans ma bouche.

– Saurais-tu retrouver ce palais, Flínkrýss ?

– Je m'y évertue, Ghilsham. Je m'y évertue. Il y avait du désespoir dans sa voix. Il l'avait dû chercher, longtemps. Ensemble, nous le retrouverons peut-être ? Nous resterons en lui, heureux et jamais las, comme des petits enfants.

– Il ne doit pas être au bord de l'océan. J'ai peur que nous ne nous en éloignions.

– Et de l'autre côté ?

– Es-tu passé de l'autre côté, Flín' ? Je t'assure, tu fais fausse route.

– Non. Je le devine. Il est en deçà.

– Quelle certitude as-tu ? Où l'as-tu vu ? L'as-tu même jamais vu ?

– Cette vieille femme, je l'ai vue. Elle m'a dit où il est : « Au-delà de l'océan », a-t-elle dit. Douterais-tu de moi ? Le vin ne m'est pas monté à la tête, Ghilsham, si c'est ce que tu t'imagines.

– De quelle femme parles-tu ? Et depuis quand la vieillesse est-elle une preuve de sagesse ?

Flínkrýss se redressa.

– Veux-tu voir son corps ? Veux-tu le voir ? Viens. Elle est loin au-delà de ce bois où nous nous sommes rencontrés. Elle est morte de faim en me disant cela, en me livrant ce secret. On ne ment pas au seuil de la mort.

– Range ton arc, Flínkrýss. Ton instrument ne me convaincra pas, pas du tout.

Le jeune vagabond se mit à croupetons, reprit une cuillerée, comme si aucun vent de discorde ne s'était levé entre eux.

– La mort nous rapproche de la vérité, Ghilsham, murmura le jeune homme.

Ghilsham sirota son vin. Le vagabond le guigna.

– Sans doute. Et nous avons tant à faire ici-bas. Je laisse sa porte où elle est, sans y penser.

– Aurais-tu peur, Ghilsham ?

– Tu peux le qualifier de cette façon, oui. Le jeune homme eut un sourire féroce. La mort t'est tellement étrangère, Flínkrýss, que tu t'imagines prêt à l'affronter. Apprivoise son ombre, et nous en reparlerons, murmura Ghilsham, la voix pâle.

Le jeune vagabond se leva.

– Tu as raison, mon ami. Je dois apprivoiser la mort et vivre, avant de l'avoir plein la bouche. Je vais, sur-le-champ, dormir contre un arbre. Des bêtes tenteront peut-être de me croquer. Cependant je m'y risque.

– Flín', ne sois pas stupide. Tu l'as dit, à l'instant, c'est ta plus belle soirée. Ne gâche pas tout.

– Elle l'est encore. Bonne nuit, *Ghilsham.*

Flínkrýss tint promesse, s'assoupit sans plus de commentaire contre un pin.

Au début, il avait lorgné du côté de Ghilsham qui haussa les épaules et parfois lui signifia de revenir. Ensuite, il s'était astreint à regarder le feu mourir, à voir son beau feuillage doré se pulvériser dans une ligne grenue où suaient des brandons.

L'attaque fut soudaine, guère silencieuse, de sorte que le jeune vagabond se réveilla sur-le-champ.

On n'avait pas dû le remarquer engoncé parmi les spectres drus composés par les arbres. On avait dû croire qu'il s'était séparé de cet autre homme venu couper du bois en sa compagnie, que l'un et l'autre n'étaient que des hasards de vagabondage.

Le jour s'éveillait dans une brume légère qui ensablait la terre et flottait, au-dessus du sol, couche épaisse d'une vingtaine de centimètres. Flínkrýss s'était recroquevillé derrière un arbre, ignorant ce que c'était que ces cris. Ensuite, la voix de Ghilsham l'avait alerté.

Son ami se battait, avait eu le temps d'attraper une bûche et la brandissait pour se défendre. Les armes qui le piquaient, bien qu'émoussées, lui avaient fendu le visage, les bras et les jambes en maints endroits. Mais il tenait bon. Ghilsham avait du courage. Il n'avait rien à perdre que sa vie, et son nouvel ami.

– *Vous* ? Dans la lumière blafarde, Ghilsham reconnut le bûcheron à l'écharpe verte, le vendeur de pains et de vin. Qu'est-ce que cela signifie ? Que faites-vous des règles de votre Guilde ?

– Que t'importe, vagabond, si nous réinventons ses règles ? Donne l'argent, et nous ne te couperons que la langue. Le bavardage est interdit à tout simple d'esprit !

Ghilsham lui donna un coup de bûche au ventre. Son adversaire se rompit dans un juron, s'oubliant dans un flot de bave. Aveuglé par la douleur, il harangua tout de même ses deux acolytes, un temps hésitant, qui se jetèrent à son ordre sur Ghilsham. Le petit chaudron planté sur leur chemin, dissimulé par la peau brumeuse, lui valut la vie sauve, à tout le moins le garda d'un vilain coup de lame. Un des hommes s'affala, le nez dans le *nid* de terre où l'homme aux cheveux noirs avait dormi.

Quant à l'autre, il reçut une flèche en pleine tête et s'effondra, perdu dans une frénésie qui le vida de son âme. Flínkrýss, dans une espèce de tir précipité, avait lâché la corde de son arc pour le tuer.

– C'est lui, c'est ce jeune porc ! Il est donc encore là ! Le lâche s'était caché ! beugla le chef, revenu de son essoufflement. Il ne te reste plus qu'une flèche, petit. Vise juste, car je vais te manger ! et il se précipita dans sa direction, tête baissée, l'épée tendue devant lui.

Ghilsham assomma l'homme qui cherchait à se relever. À son tour, il courut à la suite du bûcheron, dont l'odeur de sueur empuantissait l'atmosphère. Sa pointe de vitesse devait lui permettre de le rattraper, cependant, il redoutait d'arriver trop tard auprès de Flínkrýss, qui ne bougeait plus, pétrifié.

– Tire ! hurla Ghilsham. Tire donc !

Flínkrýss eut un moment d'hésitation. Juste avant que l'homme ne le percutât de plein fouet. Son trait se planta dans sa gorge, la traversant d'une main. Le jeune homme roula à terre, le bûcheron rivé à ses épaules, car il l'avait serré contre lui dans un dernier sursaut. Vite, Flínkrýss sut que c'était son sang, son propre sang qui s'écoulait sur son ventre et non celui du bûcheron, son visage froid collé au sien, cette vieille viande désormais sans vie.

– Attends, Ghilsham. Attends, murmura-t-il, fébrile.

Le bûcheron avait la main crispée sur son épée, enferrée dans un rein de Flínkrýss. Ghilsham devait les séparer, sans heurts, sous peine de blesser plus fort son ami. Après maintes précautions où il ne cessa de lui parler, il put le libérer.

En soi, la blessure n'était pas si grave, mais elle avait été portée par une arme rouillée jusqu'à la garde. De plus, des morceaux de matière étaient restés dans sa chair.

– Un homme d'honneur ne combat pas avec ce poison en bout de bras, gronda Ghilsham, crachant de côté. Mieux vaut se battre à mains nues. Notre époque est le royaume des lâches, et des porcs.

Flínkrýss lui adressa un étrange sourire.

– L'épée est faite pour tuer, peu importe le moyen. Seul le résultat compte, et il haussa les épaules, dans un expression qui se voulait badine.

Ghilsham lui posa la main sur la bouche, craignant qu'il ne parlât. Il devait économiser ses forces avant de… Avant de *quoi* ? Mais qu'allait-il faire de lui, de son cher ami, du seul homme qui accepta de le suivre sans lui rien demander, de côtoyer sa vieille solitude plus dure que le marbre qui avait fini par l'égarer hors de la civilisation ? Le conduire dans la cité la plus proche et lui trouver un médecin ? Avait-il même de quoi le payer ? Et par la suite, comment le nourrir ? lui assurer un gîte convenable pour son rétablissement ? Les fleurs ne suffiraient pas, ni les racines creuses des arbres aux vertus qu'il disait extraordinaires. Le vol ? Sacrilège.

Il fixa le jeune vagabond qui semblait lire dans ses pensées. C'était comme si le sang qu'il perdait l'éveillait un peu plus aux méandres de sa conscience, à son esprit qu'il lisait comme un grand livre ouvert.

– Toi qui prétendais que je devais apprivoiser la mort.

Il toussa, comme un vieillard, telle une maison de brindilles.

– Tais-toi, Flín'. Oubli cette fâcheuse.

Ghilsham lui serra l'épaule, ôta aussitôt sa main. Était-ce de la pudeur de sa part, la pudeur de dévoiler ses sentiments, si vite, en pareille occasion ? Était-ce de la tristesse envers lui-même et sa solitude qu'il sentait plus proche à présent, et qu'il avait cru chassée pour de bon ? Il la sentait. Oui. Elle le guettait, avide de sa mélancolie, vieux fantôme aux hardes tenaces qui n'existait qu'à travers sa tristesse.

– Quand veux-tu que je parle ? Demain ? Je ne serai plus là.

– Je vais te soigner, te transporter.

– Je sais bien qu'il n'existe aucun lieu sur cette terre où revigorer mon corps. Où voudrais-tu te rendre, mon ami ?

– L'océan. C'est devant lui que je vais te conduire. Il écrasa des larmes. N'est-ce pas ce que nous avions convenu ?

Flínkrýss s'apprêtait à lui répondre quand il alerta son ami. Le bûcheron qu'il assomma s'était remis sur ses jambes et, en catimini, s'approchait de Ghilsham, l'arme au poing. Ce dernier ramassa l'épée ensanglantée du bûcheron et la plongea dans cette forme qui pestait et beuglait derrière lui. Le ventre résista à l'acier émoussé quand il le traversa. Le coup d'estoc ne fut pas fatal. Crispé sur cet objet étranger, l'homme délira contre sa douleur, hurlant qu'on libérât son esprit.

– Ghilsham, tu ne peux le laisser à ce martyre. Ghilsham, supplia Flínkrýss, tu n'es pas une bête.

– Qu'en sais-tu, *toi*, qui as visité le palais des Kobolds, et qui en es peut-être une ?

– Ghilsham, mon ami. Apaise sa souffrance, tu apaiseras la mienne, et partons loin d'ici parmi les flots verts où naquirent les visages de nos joies.

Ghilsham se mit à suer très fort. Il poussa un grand cri et, dans un geste d'une effroyable pureté qui paraissait tout droit sorti des apprentissages supérieurs dispensés dans la Guilde des Assassins d'Ymérie, il ôta l'épée et la replongea un peu plus haut dans le corps de son assaillant, lui déchirant le cœur.

Ensuite, il se recroquevilla, la tête cachée entre ses bras croisés, et fut parcouru de violents pleurs. Flínkrýss fredonna, le consola. Il avait en bouche la poésie des morts, sorte de veillée funèbre, qui l'apaisa.

Ghilsham soigna la blessure de Flínkrýss d'un peu de vin, qui avait tourné à l'aigre. Il ralentit la violence de la fièvre, sans s'illusionner quant au sort de son ami. Des morceaux de l'épée dangereusement rouillée, telles des échardes, étaient rentrés loin dans les chairs, y dispersant leur venin. Il ne le voyait pas passer le soir. Et lui qui voulait tant lui offrir l'océan, ses grandes symphonies d'oiseaux valseurs, ses buissons d'algues glauques d'où s'étaient déployés et révélés les premiers arbres.

Il le reposa dans une ellipse de lumière silhouettée par des feuillages, fatigué par la longue distance qu'il avait parcourue. Il déboucha une bouteille qu'il avait remplie d'eau, fit boire l'homme aux cheveux blonds par petites gorgées.

– Merci. Tu devrais boire, aussi, et manger surtout, l'encouragea Flínkrýss d'une voix pâle dans une sollicitude toute maternelle.

– N'as-tu pas faim ?

– Un cavalier doit toujours se sacrifier pour sa monture.

– As-tu déjà vu des cavaliers ?

– Oui, et des chevaux noirs, blancs. Le cheval est la plus admirable des formes qui soient sorties de la terre. Il est à la terre ce que le cygne est à l'eau.

– Tu es moins jeune et vide que ce que tu m'as laissé entendre. Tu fais de la poésie.

– Oui. Mon verbe imprime le monde, à la manière d'une flamme lointaine un grand cahier de cire. Comme c'est étrange que je dise cela, Ghilsham.

Soudain, il se tut, ne bougea plus du tout. Sa conscience se mit entre parenthèses, sur des charbons incandescents. Alors, c'était comme si ces lieux dont il s'était cru si fort l'habitant le repoussaient vers des limbes. Il s'agrippa à Ghilsham. La crise s'éloigna, dans un soupir humide.

– Bois. Il faut que tu boives, insista Ghilsham.

– Boire. Oui. Bien sûr. Il lui obéit, avant de le fixer avec intensité. Je ne passerai pas la nuit, Ghilsham. Je le sais. Ne perdons pas notre temps au langage des vivants.

– Mais, nous sommes vivants. Nous *sommes* vivants. Il lui pressa l'épaule, regarda autour de lui.

Les résineux avaient fini par s'espacer, à laisser leur domaine se rompre à la lumière et au vent. Les prémices d'une lande composée de terre sablonneuse aux teintes indécises entre le rose et le nacarat encombraient le sol. L'odeur d'océan tempérait celle des arbres.

*Il y a un goût de printemps là-dedans*, songea-t-il.

Aucune montagne, aucune fontaine, aucun jardin n'étaient visibles et cependant c'était d'eux, de ces souvenirs lointains dont Ghilsham avait le cœur meurtri parce qu'il ne pourrait pas les partager avec son ami. Il n'en avait plus le temps.

Il sentit les doigts de Flínkrýss creuser son épaule, marquer sa chair par ce surplus de force. Son regard l'attrapa.

Là, en ce moment, il y avait comme la somme de mille créatures qui se mourraient, passées et à venir.

– Promets-moi, Ghilsham, de me tenir éveillé jusqu'à la fin.

Les yeux de l'homme aux cheveux noirs fléchirent. Sans oser le regarder, il lui coupa des menus morceaux de pain et les lui mit dans la bouche.

– Nous avons une course, contre l'aurore. Je veux entendre mon cavalier m'encourager.

Après un repas frugal, un peu d'eau, Ghilsham le hissa sur ses épaules et tint fermement ses mains, croisées sous son menton. Il retrouva ses courbatures, mais la blessure à con cœur avait changé, bien plus pénible à supporter que celle de son corps.

La Lune se leva, suivie par les étoiles qui étincelèrent très fort dans l'exiguïté de l'horizon. Dans l'air, le nimbe d'une rumeur s'élevait. *L'océan.*

Nécessité de se donner du courage, de s'en tenir à sa promesse silencieuse, Ghilsham fredonna des airs glanés ici et là aux provinces d'Ymérie.

Il chanta les magiciens et les sages apocryphes, les dryades et le Palais des Heures où le Roi du Temps déroule ses pelotes de brume, qui font et défont une vie. Parfois, il agitait les mains de Flínkrýss, si faible. À d'autres fois il soufflait dessus dans l'espoir que sa chaleur et sa foi lui descendraient jusqu'aux tréfonds du cœur, lui offriraient un peu de ses forces.

– Fais un vœu, Ghilsham, murmura Flínkrýss, yeux grands ouverts.

Ghilsham releva la tête, fit abstraction de la lumière de la Lune, puissante. Une étoile filante traçait une portion d'arc argenté.

*Peut-être s'agit-il d'un signe ? Peut-être que, quelque part, une porte s'est entrouverte pour lui ? Que quelque chose, quelque forme de ce beau rêve inachevé qui va s'effondrer entre mes bras persistera et qu'il me reviendra, dans le vol d'un oiseau, le sourire d'un enfant, la couleur d'une fleur ? Flínkrýss, toi qui n'avais jamais mangé une fleur.*

❀

Les rumeurs de l'océan furent un enchantement qui nettoya leur peine. À plusieurs reprises, Ghilsham s'arrêta pour réchauffer le jeune homme. Il dut le secouer afin qu'un sommeil définitif ne l'emporta pas.

À présent, la peur s'était tue. La fièvre s'était changée en une douce torpeur qui faisait sourire Flínkrýss.

En face s'étendait la plage. Sur le sable, les vagues rejetaient des rubis liquides et des saphirs éphémères. C'était comme un arbre qui frémirait, donnerait ses derniers fruits.

– Crois-tu à cela, Ghilsham, mon ami ? Y crois-tu ? L'océan, l'o-cé-an.

Le jeune homme, livide, toujours juché sur ses épaules, lui serra le cou, engourdi de reconnaissance pour la part enfantine qui surgissait encore de lui, grâce à lui, son ami, Ghilsham, et qu'il avait crue morte.

– J'ai vu l'océan. Je l'ai vu ! Grâce à toi, Ghilsham. Il toussa, embrasé par une quinte de toux. Il le reposa vite sur le sable. Flínkrýss vomit le vin et le pain, qu'il n'avait pas pu digérer. Désolé pour ce spectacle. J'ai le goût de cette arme rouillée dans la bouche.

Ghilsham eut un geste de dépit, faisant mine de balayer cela. Il le remit sur ses pieds et, le soutenant, avança parmi les vagues.

– Que chantent-elles ? demanda le jeune homme. J'ai du mal à les entendre à présent que nous les accompagnons, que nous sommes parmi elles. On est parfois trop près des choses pour les bien entendre, et les bien comprendre. Comme c'est étrange. Dis-moi, mon ami, que disent-elles ?

Il y avait comme des taches de suie sur ses joues creuses, comme des ombrages venus d'autre part.

Ghilsham s'imagina que c'étaient des promesses de fleurs, qu'il fallait avoir tout ça au visage pour passer *au-delà*, sans se perdre.

– Elles chantent, le vœu que j'ai fait.

– Tu as donc fait un vœu ! Tu vois, tu es plus attaché aux présages que tu ne le laisses croire.

– Ne mélangeons pas présage et espoir, Flín'. Il patienta, attendant que son ami endurât une douleur qui lui giflait le corps. *Indécent, notre corps est indécent. L'eau est là, tout près. Elle effleure nos semelles.*

– L'eau, mère de toutes les joies, mère de tous les visages. Je te rapporte mon sourire, ô mère.

Ils pénétrèrent dans l'eau. Vite, Ghilsham se mit à nager, tenant la tête de son ami hors des étincellements.

Lui, qui avait toujours rêvé de voir l'océan, il regardait le ciel, à perte de vue, d'une effrayante profondeur.

– Tu vas devoir me pousser, mon ami, me pousser vers le courant du large, qui va me prendre. C'est ce qu'il me dit, et que j'entends. L'entends-tu, toi aussi ? Mon heure est venue, mon ami.

– Flín'…

– Non. Non, non. Tu n'es pas de ce voyage, Ghilsham. Va, pousse-moi mon ami. Fais du présage une réalité. Non, ne pleure pas. Ne mets pas tes larmes dans cet océan trop vite. La terre te réclame. Elle a besoin de toi.

– Ce sont des larmes de joie.

Flínkrýss chercha une dernière fois la main de Ghilsham. Le Soleil les éblouissait. Les oiseaux coloriaient le ciel.

❦

Les voix humaines qui l'appelèrent n'eurent aucun effet sur sa conscience. Ce furent celles du Soleil, de l'eau et de l'océan qui, en se mélangeant sur sa peau, et parvenant à un point de dégradation et d'intimité partagée, l'amenèrent à la vie. Déçu d'être encore de ce monde, Ghilsham referma les paupières.

Il avait mis la tête sous les vagues après que le courant eut emporté Flínkrýss, son dernier ami au cœur si pur. Il avait attendu, attendu que la formalité de la mort ne le vînt prendre. Son cerveau, oppressé par le manque d'air, avait vite jeté un grand voile noir sur ses pensées, concentrées dans une infime étendue de ses souvenirs, le souvenir de Flínkrýss, le passage d'un oiseau bleu.

Il s'était prostré, voyant sa fin proche, dans l'espoir de fuir au-delà du miroir, de suivre le jeune homme sans tarder.

*Ne pas le perdre, surtout, ne pas le perdre !*

Mais il semblait que son heure n'avait pas sonné, ainsi que Flínkrýss le lui dit au seuil de sa mort.

Deux pêcheurs l'avaient trouvé enrobé de sable et d'écume. Ses vêtements, même s'ils n'avaient jamais été en bon état, semblaient avoir été rongés, usés par les frictions de l'océan. À croire qu'il avait visité des abysses, qu'un miracle l'avait rejeté à la surface.

Ils lui découvrirent un curieux tatouage au bras en forme de lykorne. Il les jeta dans une profonde perplexité car la Reine de l'Été, la seule déité à qui ils rendaient grâce, celle qui passe fertiliser l'océan et porte chance aux pêcheurs, le faisait justement à dos de lykorne, un cheval blanc surnaturel formé d'écume, un rostre planté au milieu du chanfrein.

« S'agirait-il du fils de la Reine de l'Été ? Serait-il porté à notre humble connaissance ? murmura le vieux pêcheur, interloqué.

– Le fils de l'Été a-t-il une lykorne tatouée au bras ? questionna l'autre pêcheur, beaucoup plus jeune. Pourquoi l'océan l'aurait-il rejeté ? Abandonne-t-on son fils ? Le traite-t-on de la sorte ? Si c'est le cas, dans quel but ?

– Ne blasphème pas, Nattan. Qu'il soit ou non le fils de la Reine de l'Été, peu nous importe, et qu'il ait un tatouage ou pas n'a aucune espèce d'importance. En ce moment il a l'air d'un naufragé, et nous devons le sauver. Nous avons un devoir envers l'océan, envers notre confrérie.

– Le fils de l'Été, si puissante soit la Reine sa mère, ne pourrait-il réparer ses blessures ? Qu'en penses-tu, Grott ? Tu es le plus sage pêcheur que je connaisse. Le fils d'une déesse ne peut-être qu'un dieu.

– La Reine de l'Été nous a-t-elle jamais rendu visite sous une forme inhumaine ?

– Non.

– Et pourquoi cela ? Il posa un index sur le front de Nattan, le tapota. Parce que *nous*, les hommes, ne sommes pas assez beaux et parfaits pour la voir, pour contempler ce qu'elle est, qu'un corps d'homme est trop fragile pour la contenir tout entière puisqu'elle est au-delà de nos sens. Pour nous, les hommes, dieu ne peut être qu'une abstraction, une chimère, parce qu'il nous est inconcevable. Telle est la raison qui fait qu'une cavalière nous apparaît, à dos de lykorne. Peut-être n'est-elle qu'une montagne d'eau ? Une forme des profondeurs qui pourrait nous noircir l'œil, comme ça, parce que trop belle, et que nous en mourrions sur-le-champ ? Si c'est son fils et qu'il nous est venu dans une chair d'homme, pour une raison qui m'échappe, son seul pouvoir réside dans sa parole. Ne la faisons pas désagréable.

– Tu as peut-être raison, Nattan. Et la lykorne ? Est-ce une forme sacrée ? Dis-moi.

– Pas si sacrée que ça puisque tu peux la voir, avec la Reine. Tout ça, ce n'est qu'apparence. C'est l'idée qui nous touche. Là-dessus, Grott remit lentement Ghilsham sur le dos.

Grott était un vieux pêcheur à la face et aux mains tannées. À force de prendre le large à bord de son sardinier, sa démarchée s'était altérée, au point de devenir très proche de celle du crabe qu'on eût, par dressage, appris à marcher droit, et dont les jambes auraient conservé un reliquat de contrainte, de sorte qu'on pouvait le reconnaître entre mille.

Sur ses vieux jours, Grott s'était mis en quête d'un apprenti-sardinier capable de lui succéder. Sans descendant, sans famille, et des gens comme lui devant tout léguer à la Communauté, il avait décidé soi-même de se dénicher un fils adoptif, ce que la Loi ne lui interdisait pas. Il choisit Nattan, et cette curatelle le satisfit.

Nattan avait toujours été de ses familiers. Tout jeune, à peine se tenait-il sur ses jambes qu'il s'était mis à contempler l'océan, et surtout les préparatifs effrénés et méticuleux de Grott, qu'il avait toujours pris pour une espèce de sorcier, sorcier des vents et des eaux, qu'il paraissait comprendre, à tout le moins apprivoiser.

À l'époque, Nattan avait les oreilles décollées, et fût-ce l'action du vent ou le jeu d'un tropisme pour mieux entendre ce que le monde de la terre et celui de l'eau avaient à lui conter, leur rotation s'accentua au fil des ans. Parfois il assistait « le Grott », et puisqu'il ne se montrait pas maladroit et obéissait aux rituels du vieux solitaire, ce dernier avait fini par proposer à ses parents de l'employer en qualité d'apprenti-sardinier. C'était un grand honneur, et bien plus encore car ils savaient par ainsi que Nattan prendrait sa suite, que son navire lui reviendrait, qu'une manière de fortune passerait, pour un temps, dans sa famille. Mais ce qui plaisait au jeune apprenti c'était de vivre avec le vieux pêcheur, de l'entendre raconter ses *histoires*, de le voir manœuvrer avec une espèce de noble lassitude qui tenait d'un art ancestral.

Nattan et Grott connurent tout ce que l'on peut répertorier et mettre sous le vocable de « tempête ». Nattan apprit le sang-froid de son maître-sardinier quand les voiles se gonflent, sont menées au seuil de la rupture et que la mâture, dangereusement fléchie, fait entendre le son du bois sur le point de se fendre. Il apprit à mettre toute sa confiance dans cette vieille coque de sardinier qui résistait à tous les temps, pour peu qu'il sût écouter les cris et les plaintes qu'il lançait, et devancer les ruptures.

Au sens spirituel, Nattan ne s'illustrait pas plus que les autres jeunes pêcheurs. Il avait été élevé au diapason des merveilles de l'océan, des illusions anthropomorphiques qui viennent, en toute saison, fertiliser l'imaginaire et hantent, intactes, le littoral. Toutes ces formes insaisissables chatoyaient parmi chaque parole. Dans l'esprit de Nattan elles prirent du relief, se creusèrent et se complexifièrent à mesure que l'océan grandissait et que le monde des terres s'amenuisait. Le sacré infusa son langage et ses rêves.

Une fois l'an, la Reine de l'Été chevauchait sa lykorne. Elle visitait les plages et fertilisait l'océan.

Nattan n'avait jamais été dupe. Il savait que la Reine de l'Été qui se pavanait sur les plages n'était qu'une des jeunes femmes d'un village voisin qui venait, déguisée, perpétuer l'étrange procession. Mais il savait aussi que la Reine de l'Été a le pouvoir d'effleurer la chair de l'homme, d'en faire le véhicule de sa parole.

Une fois l'an, Nattan attendait que ce moment arrivât. Il allait admirer le passage de cette divinité factice, certain que quelque parcelle de la Reine était logée dans l'œil de la jeune femme, une mèche de sa chevelure, qu'elle le regardait, le jugeait.

Il songeait à tout cela tandis que le vieux Grott nettoyait le visage du naufragé.

Ils n'avaient relevé aucun de ces vestiges qui suivent les « *accidentés de l'océan* » ; aucune épave, aucune planche, aucune barrique. Rien.

– Nous est-il envoyé depuis les abysses ? Que sommes-nous censés comprendre et faire ?

– Silence, Nattan ! Prends-le par les pieds. Aide-moi à le soulever. À un homme, nous prodiguerons des soins d'homme, trancha le vieux Grott.

❀

Suite à une phobie étrange développée en pleine mer, où sa vie était mise entre les poutres de son vieux sardinier, Grott avait bâti sa maison dans le ventre d'une dune. Sa demeure, sorte de nacelle chavirée à l'armature faite de poutres incurvées, était couverte de toile et d'une épaisse couche de sable. Un orifice évacuait les fumées de la cheminée.

Ghilsham ne prononça aucune parole tout le temps qu'ils l'avaient transporté vers cette espèce de ventre. Parfois, il ouvrait les yeux, mais il leur sembla que ce simple effort l'épuisait et pour de longues minutes il perdait à nouveau conscience. Il n'en dit pas plus une fois dans la demeure du vieux Grott. À défaut de communication, Ghilsham goûta la nourriture qu'on lui présentait.

– La Reine de l'Été nous envoie une épreuve, jugea Grott, songeur, certain que Ghilsham ne l'entendait pas endormi poings fermés, à regagner des forces.

– Une épreuve ? Que lui avons-nous fait ? l'interrogea Nattan.

– Ne donne pas tant de crédit à tes angoisses, Nattan. Elles sont mauvaises conseillères. Souviens-toi.

– Oui, le vent, les voiles, la coque qui craque. Des réponses mécaniques à quoi nous devons répondre, mécaniquement.

– Exactement. Cependant, ici, il n'est plus question d'objets avec quoi nous devons *faire*. Il guigna le naufragé. Vois, c'est un être de chair, Nattan. Ce que nous faisons imprime notre chair, et celles de nos semblables. La Reine de l'Été ne pourra jamais mieux nous juger qu'à travers ce que nous nous faisons, ce que nous faisons à son fils, qui gardera en lui le témoignage de notre existence, de notre comportement.

Nattan ne répondit rien à cela. Il se contenta de reculer la tête, de tenir son buste bien droit, de se perdre dans une longue réflexion pleine de conjectures insolubles. Il se dit que tout ça, toute cette réflexion lui faisait mal parce qu'il était devenu prétentieux en s'imaginant trouver une solution.

– Mais, ne jugerait-elle pas, aussi, un peu de notre fonds de vanité ? argua-t-il.

Grott resta coi pour la première fois depuis, depuis qu'il avait vu ce jeune impétrant-sardinier aux oreilles décollées poser le pied sur le pont de son navire, depuis qu'il avait commencé à développer les reliefs de son imaginaire. Il lorgna du côté de la marmite, silencieux.

Nattan comprit ce qu'il attendait de lui. Il l'attrapa de suite et la traîna au-dehors. Il se savait congédié par son maître. Curieusement, il éprouva une sorte de satisfaction de pouvoir s'enfuir, et réfléchir à ce qu'il venait de dire au « Grott. »

Seul, le vieillard soupira, se pencha sur l'inconnu.

– Vous savez, si vous êtes privé de l'usage de votre voix, ou si vous ne voulez pas du tout nous parler, nous respecterons ce serment. J'ai connu un homme qui avait fait vœu de silence parce qu'il se considérait mort à ce monde.

Ghilsham entrouvrit ses paupières un instant, éveillé par sa voix. Il le regarda, regarda près de lui, le flamboiement de l'âtre. C'était, remarqua Grott, comme s'il y voyait autre chose. Des larmes tombèrent de son œil. Grott soupira, sceptique.

Le lendemain, il ne dit rien, ni le surlendemain, ni la semaine suivante et pas plus les quinze jours qui suivirent sa découverte sur la plage.

Ghilsham se contentait de les accompagner, comme une ombre, de les regarder vaquer à leurs occupations, une lueur respectueuse dans les yeux, qui près de leur bateau, qui à réparer des filets. Au grand dam de Nattan, Grott le nourrissait sans rien lui demander en retour.

– La Reine de l'Été veut peut-être que nous employions son fils ? Nous avons du travail pour lui, beaucoup de travail, rappela le jeune Nattan. Qu'il gagne ce qu'il mange. Ne serait-ce pas *équitable* qu'il participe au monde ?

– Il y participe peut-être déjà, par son silence et le chagrin qui semblent s'être emparés de son âme. Qu'en sais-tu ? Comment peut-on connaître, réellement, l'utilité que l'on a dans ce monde ?

– Crois-tu ? Ainsi, son silence et sa tristesse seraient une présence à ce monde ? Cependant…

Grott reposa son filet sur ses genoux.

Ghilsham était assis, impassible, au sommet d'une dune. En ce moment, son regard ne quittait pas l'océan.

L'éclat de ses prunelles pouvait-il y créer, y évoquer des créatures ? se demanda Grott.

– Tu sais, tu devrais lui dire tout ça en face. Tu en aurais le cœur net et tu cesserais de me poser tes questions.

Nattan rougit jusqu'aux oreilles et pour un long temps baissa la tête, tout entier concentré sur sa tâche.

– La Reine de l'Été voudrait-elle reprendre un peu de ce qu'elle nous offre ? murmura-t-il, sans relever la tête.

– Tu fais fausse route, Nattan. Elle ne nous offre rien. Elle fertilise l'océan et, accessoirement, nous porte chance. Pour ce qui est de la navigation, de la force du vent, elle s'en moque. Je t'assure que c'est le cadet de ses soucis.

– Ne trouves-tu pas cela décevant ? La Reine de l'Été laisserait ses poissons à notre convenance, et ne ferait rien pour nous éviter les périples des tempêtes ?

– Voudrais-tu être une fleur qui se gave de Soleil et de pluie ?

– Qu'est-il, *lui*, à part cela ? Il nous suit, comme les héliotropes se tournent au Soleil. Il est absent à ce monde. Le silence est-il une absence ? le summum de la sagesse ? Réponds à ça, Grott.

– Pour en avoir le cœur net, présentons-le à la Reine de l'Été et à sa lykorne, proposa le vieux sardinier.

– Que se passera-t-il ? dit Nattan.

– Si je le savais, l'aurais-je demandé ? »

Grott serra la main de Ghilsham.

C'était la meilleure chose à faire pour le mener avec certitude, devant la Reine de l'Été. Quand il l'appelait pour qu'il le suivît, il ne bougeait pas. Seul le contact de sa main le réveillait, le mettait un peu hors de son isolement.

Il y avait un endroit bien précis où la Reine de l'Été et sa monture étaient censées passer.

« C'est là que nos deux mondes se rejoignent, momentanément » déclara le pêcheur durant qu'il guidait un Ghilsham absent, comme oublié dans ce plan de réalité qui lui échappait, le laissait sans voix.

Grott l'avait rasé, lui avait donné des habits propres, jugeant malséant de le présenter à sa mère dans un tel état. Bien sûr, cela n'avait rien modifié, au fond de lui, rien changé à sa déréliction. Mais Grott avait fait de son mieux. On ne pouvait rien lui reprocher.

– Surtout, lui recommanda-t-il, l'index tendu, garde tes distances. Tu risquerais d'être exilé dans l'*entre-deux-mondes*, de devenir un étranger à toi-même, de n'appartenir à nulle part. Tu quitterais tout soudain ces champs inaccessibles où s'accumulent les souvenirs.

Il le guigna. Pourquoi lui disait-il tout cela ? Ce naufragé avait l'air exilé, déjà. Il se passa une main sur les paupières avant de reprendre.

– Ton esprit, ne le supporterait pas. Il lui faut une étincelle familière, un trou obscur pour se retrouver.

Nattan tendit le bras vers la grève, là-bas venait la Reine de l'Été. La lykorne avançait, l'amble égal, dans l'expression de perfection surnaturelle qu'ils lui connaissaient. Son dard frontal étincelait, sorte de menace susceptible de déchirer à tout instant le ciel.

La Reine de l'Été était voilée. Et là, à la place de son visage pulsait un éblouissement autour de quoi flottait un bouquet de cheveux blonds. Chaque mèche s'agitait, tâtonnait à la manière d'une paume d'une flexibilité extraordinaire, comme pour mieux apprendre ce monde, qui lui semblait étranger.

Grott serra l'épaule de Ghilsham.

– Regarde, c'est elle la Reine de l'Été. Va la voir, et surtout n'oublie pas ma recommandation. Garde tes distances. Garde, tes, distances.

Le vagabond s'avança, épié par les deux pêcheurs qui espéraient qu'un événement extraordinaire briserait leur vie routinière.

Mais non. Ici, c'est le monde des hommes. Les seules féeries possibles ont le goût de l'eau, du vent, du silence sous les pierres, des ombres, au pied des vieux murs.

Le vagabond avança, encore et encore, jusqu'à se tenir sur le chemin de la lykorne, dans cette portion prétendue sacrée par le vieux Grott.

En sourdine, Nattan s'offusqua du non respect de Ghilsham vis-à-vis des limites. Mais il y avait de la curiosité dans sa voix, curiosité de voir ce qu'il allait se passer. Grott lui imposât le silence.

Jusque-là, le naufragé n'avait pas dépassé les bornes qu'ils lui énuméraient comme, ne pas toucher à leur navire, ne pas ramasser les coquillages laissés par la marée, ne pas lancer quoi que ce fût dans l'océan – car c'était une offense –, ne pas cracher à terre ou ne pas briser la branche d'un arbre, car c'était se maltraiter.

Grott guettait la Reine de l'Été, à l'affût de sa parole, de ce que la jeune femme qui avait été choisie pour personnifier la divinité improviserait ou, dans le plus extraordinaire des cas, de ce que la déesse lui soufflerait dans sa conscience.

En ce moment de transgression tacite, ils ne savaient plus quoi penser de l'inconnu qui avait outrepassé ces limites ridicules où ils vivaient, dont ils ne savaient s'affranchir, qui ne les éloignait que de très peu d'un couple d'animaux en cage.

Ghilsham effleura l'épaule de la lykorne. Un frisson traversa le muscle de l'animal. Ses grands yeux très noirs qui brûlaient d'un feu intérieur se posèrent sur lui, pareils à de l'onyx. Un sourire lui remonta au visage. Il crut qu'il allait défaillir, mais cela passa dans un déchirement d'étoiles apparu tout soudain devant son regard.

La Reine de l'Été retint sa monture, attirée par sa joie.

Son voile lui faisait un feuillage d'argent au visage. Maintenu à ses cirrhes blonds par un chatoiement de fins fils mauves, il était traversé d'infimes oscillations, résultat de son souffle, qui lui donnait la qualité des vagues sur l'océan et, peut-être, d'un état au-delà du langage.

Les mains de la Reine de l'Été se joignirent au pommeau de sa selle. Le mouvement de sa tête, qui le saluait, fut une rumeur ineffable dans la lumière qui la nimbait. La lykorne encensa à son tour, répondant à ce murmure infime.

– Quel nom t'a-t-on donné ? demanda-t-elle.

– Ghilsham.

Elle opina, observa les deux pêcheurs prostrés entre les dunes, visiblement médusés qu'un dialogue s'entama entre eux.

– Qu'y a-t-il, Ghilsham ?

Dans sa bouche, cela avait le goût d'une prière, d'une assurance aussi que tout ce qu'il avait à lui demander trouverait sa réponse, en même temps que sa consolation.

Ghilsham recula d'un pas, un moment effrayé, rattrapé par la mise en garde servile du vieux Grott.

*Rester exilé à jamais dans l'*entre-deux-mondes. *N'est-ce pas ce dont il m'a mis en garde ?*

– Vais-je rester prisonnier de l'*entre-deux-mondes* ?

– C'est ce dont on t'a menacé si tu m'approchais ? Elle sourit. L'ignorance et la superstition maintiennent les hommes en place. Pendant qu'ils restent sages, certains décident.

– Que veux-tu dire ?

– Rien, Ghilsham. Je n'ai rien dit.

Elle soupira. Il observa la pointe de ses seins. Ils traçaient autour d'eux des arabesques de désir qui se mouvaient sur l'étoffe couleur de cétoine de sa robe.

– Que dois-je te demander ? bredouilla-t-il.

– Qu'es-tu *censé* me demander ?

– Je l'ignore, je.

– Hâte-toi, Ghilsham, je dois passer mon chemin. J'ai d'autres fascinations à répandre, dit-elle, comme se moquant de soi.

– J'avais un ami. Il eſt mort.

– Que puis-je y faire, selon toi ?

– Eh bien, je pensai que.

– Que quoi ?

– Tu es la Reine de l'Été. Tu peux tout.

Elle écarta les bras, échappa un trille, un rire extatique qui retentit sur la plage avec la dureté d'une gifle et fit peur aux pêcheurs.

– Je regrette, Ghilsham. Si ton ami eſt mort, je ne puis plus rien pour lui. Je suis ignorante sur la mort et l'âme que vous dites s'échapper du corps. Que t'imaginais-tu, Ghilsham, que j'allais le ramener du lieu où il eſt parti ? Tu ne connais pas mon monde et je ne connais pas le tien, ou si peu. Je le vois, à travers l'océan, et ce que je sais de vos terres, de vos pensées, de vos désirs, je le lis dans votre tête lorsque vos navires impriment le large, que vous jetez vos filets affamés. En ce moment, et elle recula légèrement le visage vers l'arrière comme elle disait cela, je suis dans mon palais, et je te vois, Ghilsham, doré par le Soleil. Aimerais-tu m'embrasser, Ghilsham, partager ma couche ? Lorsque les pêcheurs sombrent, ce n'eſt pas leur faute, mais bien la mienne. J'ai posé la peur dans leurs geſtes, quand ils sommeillaient. Et ils n'ont hâte que de la connaître, de nouveau, à leur réveil. Nous pourrions dormir côte à côte, toi et moi. Elle aventura sa main près de son visage. Ghilsham recula.

– Reine de l'Été, je.

– T'offusques-tu ? Ici, je ne suis peut-être qu'une émanation. Mais je saurais te montrer autre chose si tu acceptais de me suivre. Voudrais-tu sombrer avec moi, Ghilsham ? Connaître l'ivresse des grands fonds ?

– Es-tu la Reine de l'Été, ou celle des Morts ?

Elle quitta son piédestal ; les deux pêcheurs se mirent sur-le-champ à plat ventre, certain que la Reine avait enfin reconnu son fils et que, par ce mouvement vers le sol, leur humble terre, elle leur était reconnaissante de l'avoir bien soigné.

Quant à Ghilsham, il ne savait plus très bien si elle était une jeune femme née au bord de l'océan, interprète fort convaincante du rôle qu'on lui avait assigné, ou l'incarnation même de la Reine de l'Été.

Elle s'approcha de lui, encore, et encore, jusqu'à ce qu'il pût entendre le sifflement léger de l'air usé qu'elle rejetait par ses narines invisibles.

Un temps, et cela lui procura un grand vertige, il crut respirer de ces odeurs très pures qui planent au-dessus des vallées, au-dessus des montagnes, et s'éventent sitôt rabattues au sol par les vents contraires.

Il tenta de s'éloigner de ces fascinations invisibles, sans y parvenir, enchaîné à son souffle, enchaîné à ce voile qui séduisait son imaginaire.

Il ne comprenait pas. Il avait vu des reliefs, là, quand elle avait été juchée sur la lykorne. À présent, son visage était plat, sans arête nasale, sans la saillie des pommettes, sans le flottement qu'il aurait dû distinguer au feuillage d'argent, près des mâchoires et du menton. Tout ça était vertical, d'une effroyable verticalité.

– Veux-tu contempler le visage de la Reine de l'Été ? Le veux-tu, Ghilsham ?

– Pourquoi me proposer cela ? Ne dois-tu pas *passer* ton chemin et remplir le cœur de mes frères de ta joie factice ? se défendit-il.

Elle eut un petit rire méchant, attrapa la main du vagabond, qui ne lui résista pas. À mi-chemin du voile, elle ralentit la course de ses doigts enlacés aux siens, craignant que son cœur ne défaillît.

Doucement, très doucement, encore plus doucement que l'on ne pourra jamais le décrire tant c'est hors des mots, elle lui fit rejeter le masque d'argent, le précipitant dans cette extase d'offense folle qu'il avait toujours pistée sans la jamais connaître.

Le corps de Ghilsham se raidit, tout entier. Ses yeux restèrent grand ouverts sur le puits solaire qui était révélé. N'eût été la force surhumaine de la Reine de l'Été pour le retenir, il aurait été aspiré par cette bouche où tournaient le ciel, les étoiles, du néant et du feu, et peut-être un peu de cette énergie qui vivait en lui, le maintenait dans sa cohérence fragile de chair et de sang et commençait à s'y déverser, là, comme des gouttes extraites du cœur d'un citron. Parvenu au bout de sa résistance et se sachant au bord de l'effacement, Ghilsham lutta pour s'échapper de l'*étreinte* visuelle.

La Reine de l'Été le lâcha.

Le danger était mort, volatilisé avec le fameux voile, remplacé par un minois aux multiples taches de rousseur.

Ghilsham sentit une drôle d'odeur envahir son propre visage. Il l'essuya ; du sang.

C'était du sang ! Il avait pleuré cela, des larmes de sang. Son être avait été porté en son extrême limite, dans une quasi incandescence de chair et d'esprit réunis, au bord de la libération de toutes les alchimies qui le faisaient.

Il regarda la jeune femme, souriante, la lykorne, jument commune affublée d'un postiche de carton-pâte.

– Monsieur ? Monsieur ? Qu'avez-vous ? Ghilsham secoua la tête en tous sens, éberlué. Vous vous êtes mis sur mon chemin. C'est formellement interdit, monsieur. Vous m'avez tirée par les jambes et vous m'avez fait tomber, s'indigna-t-elle, poings fermes aux hanches. Ensuite, vous vous êtes mis à crier et, à présent, vous pleurez des larmes, des larmes de sang ? Elle hoqueta.

Le vagabond pivota dans le sable. Grott et Nattan lui faisaient de grands signes afin qu'il revînt. Alors, il plongea ses mains dans la plage, espérant effacer le rouge dû au sang. Mais non, c'était inscrit à jamais sur sa peau telle une signature, un signal. Il s'enfuit, abandonnant les sardiniers et la jeune femme.

Ils ne le revirent plus, et l'épilogue de ce qui était arrivé à cet inconnu anima souvent leurs soirées creuses, sans se conclure.

ꕥ

Ghilsham marcha deux jours durant sans s'arrêter dans la direction opposée à celle qui le mena devant l'océan. Une frénésie furieuse s'était emparée de lui. Il ne pouvait s'en déprendre qu'ainsi, encore et encore. Il lui fallait brûler, consumer sa peur autant que l'émerveillement qui lui était resté. Et ses mains étaient rouges, de plus en plus rouges, pleines de sang.

Il n'avait aucune certitude sur ce qu'il s'était réellement passé.

Avait-il rencontré la Reine de l'Été ? N'avait-ce été rien autre qu'un rêve, une métaphore de ce que ses moindres sens d'homme pouvaient lui permettre de traduire ? N'avait-ce été qu'un moment de folie ? *Flínkrýss.*

Sa mort le hantait, en surimpression de la sienne, qui l'effrayait plus fort depuis sa disparition, car il avait commencé à en connaître le goût, malgré lui, là, quelque part dans un coin de son esprit.

Un doute l'envahit. Avait-il rencontré Flínkrýss ? Cela n'avait-il pas été qu'un rêve prégnant, débordant sur sa conscience comme ça lui arrivait souvent à force de désespoir, dans la réalité même ?

Il lorgna du côté de ses habits, les présents de Grott. Sa botte tenait encore à l'aide de la lanière de cuir donnée par Flínkrýss. Il n'avait plus son sac.

Soulevant sa chemise, il releva les traces des blessures infligées par les bûcherons. Avaient-ils été des bûcherons ? Les marques n'étaient-elles pas dues aux épines des buissons et des ronces ? Il lui arrivait, souvent, de s'érafler dangereusement le corps lorsqu'il allait torse nu. Il avait dû manger quelque chose, une fleur, des baies. Mais quelles baies avait-il mangées ? Un moment de folie s'était-il emparé de lui ? Quelle réalité son imaginaire avait-il recouverte d'autres faits, avait travestie, et surtout dans quel but ? Afin de le laisser sain d'esprit ?

Avait-il commis un crime ?

Avait-il perdu la mémoire, *volontairement* ?

Il s'adossa contre un arbre, assoiffé, affamé, désorienté.

La course circumsolaire avait mené le jour par deux fois au-dessus de lui sans qu'il s'arrêtât un seul instant. *Peut-on marcher deux jours durant sans mourir ? Suis-je vivant ?*

Il faisait nuit.

La forêt le cernait, rassurante, maternelle.

Les membres ankylosés, il se laissa tomber. Il s'endormit le visage dans la mousse, les doigts en terre, emporté dans un sommeil dépourvu de songe.

Un merle le réveilla. Il ouvrit les yeux, s'émerveilla des teintes roses, dorées et pourpres qui gainaient les nuages, au-delà des branchages. Quand l'oiseau s'envola et que le ciel retourna à sa variation commune de couleurs bleues et de blancs laiteux, son corps le rappela à sa souffrance.

Il dut s'y prendre à plusieurs reprises avant de pouvoir se relever.

Les muscles de ses jambes lui apparurent à travers les trous de ses culottes, d'une effroyable maigreur. Il se tint à une branche basse, ébloui par la faim. Il redoutait d'être dévoré par les créatures de la terre. Les becs des oiseaux lui semblaient de plus doux baisers, peut-être parce qu'ils évoluent dans l'air. Et puis, cette réflexion lui parut insensée. Pourtant, il regarda en l'air. Grimper là-haut ? Impossible.

Il respira, respira, fouilla le sous-bois à la recherche de quelque chose à manger. Un éclair de lucidité vibra dans sa conscience. Oui, le végétal ! Il suppléait depuis longtemps à ses besoins nutritionnels. Comment avait-il pu l'oublier ?

Il distingua des coucous, tout près. Il eut un grand hoquet et se hâta de les ramasser, craignant que cette illusion ne s'évanouisse. Tout à côté, un trou d'eau lui permit d'étancher sa soif. Assagi, rempli, il se mit sur le flanc, offrant son inertie à l'énergie qui lui revenint, comme la chaleur d'une flamme placée dans un placard trop grand.

Il dormit. Une sensation étrange le réveilla. C'était des escargots, une variété de petits-gris. Deux avaient bavé sur sa main. Quatre autres s'étaient emparés des feuilles des narcisses des bois, et festoyaient. Ghilsham dévora chacun d'eux, retrouvant ce sang-froid et cette sauvagerie qui, autrefois, lui avaient fait douter de sa condition d'homme. Un peu plus loin, il découvrit une fratrie de ces mêmes gastéropodes et déchira leur pied. Des forces diffusèrent dans son corps. La musardise le reprit. Il marcha dans sa mémoire.

❀

Les semaines qui suivirent son départ de la côte océane, à moins qu'il ne s'agît de mois, il n'était plus très sûr de la course du temps car son sommeil le faisait parfois déborder sur plus d'une journée, le menèrent dans un pays sans nom, tout d'une nature échevelée qui ne se décidait pas entre la plaine, les collines, les hautes montagnes et les contrées lacustres.

C'était comme si la nature avait vue sur les inclinaisons de son cœur, de son âme et que, par un pouvoir démiurgique, elle pétrissait le sol en traduisant tout ça en terre et en verdure.

Au-delà de l'horizon, elle activait son humidité, ses vents, ses feux de toute sorte pour lever des arbres, des montagnes en altitude ou en creux. Oui. Tout ça reflétait avec exactitude ses paysages intérieurs.

Ghilsham marchait, moitié pour échapper à lui-même, moitié pour ramasser pitance au bord des sentiers et espérer supprimer ces aigreurs qui lui venaient en bouche, après s'être rabattu sur des herbes insipides et des feuillages coriaces.

Il n'était pas rare qu'il trouvât des pommiers ; des animaux le précédaient, souvent, laissant des fruits pourris ou réduits à l'état de trognons par terre. Alors il les ramassait, les serrait jusqu'à mettre leur difformité marron au bord de l'explosion, puis il les balançait contre des troncs et goûtait un plaisir malsain à les voir disparaître en bouillie. Rien ne lui avait semblé plus inepte que ces arbres fruitiers qui donnent leurs fruits, invariablement, pourvoient à la richesse de la pourriture dans un summum de parfum et d'arôme.

Les villages étaient rares; il s'en écartait sitôt qu'il surprenait dans l'air la trace serpentine d'un feu de cheminée, ou bien la rectitude d'une route trop bien entretenue.

Il s'attacha aux vieilles pierres et aux ruines, comme on s'attacherait à un souvenir à demi passé dont on aurait oublié le sens. Malgré lui, elles l'attiraient, devenaient dans sa conscience une espèce de superstition maladive, elles qui avaient été, en leurs heures fébriles, bâties avec ferveur, avant d'être oubliées par cet animal versatile, l'homme, dans une conscience fulgurante de son imperfection et la nécessité de se la cacher.

Il erra plusieurs jours dans une forêt qui avait domestiqué l'une de ces admirables cités abandonnées, tout en sinuosités, en collines et en larges allées.

Où la force des racines des arbres et les mouvements telluriques trouvèrent leurs limites, des épaves de rues et des cours avaient subsisté. Curieusement, les arbres avaient poussé selon leur essence, dans des quartiers bien délimités.

Aux chênes très forts qui siégeaient dans les quartiers marchands répondait la légèreté des bouleaux et des trembles, établis plus au sud. Les sureaux et les plantes rudérales avaient développé un empire inextricable dans de ce qui avait été des jardins, de sorte qu'il interdisait Ghilsham d'aller visiter ces collections de demeures mystérieuses, isolées en deçà, qu'il pouvait voir, sans jamais espérer rien autre d'elle que ces mystères.

Il revint souvent sur le même banc de pierre taillé en demi-cercle, dominé par un mur, qu'il désirait voir et connaître parmi toutes les variations de couleur du jour. Un dôme de feuillage dominait ce mur qui était plein de trous. Assis là, il lui venait au cœur une étrange sérénité, comme si des frères de désarroi étaient aussi venus en ces lieux, y avaient déposé leurs traces, qui le consolaient.

En face, un portail aux splendides feuilles en fer forgé se découpait sur une clairière profonde. La végétation n'avait pas mangé toute la pierre qui affleurait, ici et là, semblables à des petits îlots qui paraissaient sur le point de s'enfoncer pour toujours, d'être engloutis par le vert, pour peu qu'un oiseau initiât leur chavirement ; lui, peut-être ? Avait-il la force d'un oiseau dans le cœur ?

Parfois, après avoir longtemps mis tout ça dans sa mémoire, Ghilsham fermait les paupières et se mettait à penser très fort que toute l'énergie déployée au fond de lui parviendrait à appuyer sur ce monde, ces îlots et ces arbres, et les enfoncerait. Il se faisait des pensées oniriques, s'en laissait abuser. Éperdu, il rêvait d'une manipulation de son univers, à sa guise, à la mesure de sa faiblesse, par le prisme de ses désirs qui augmentaient.

Mais quand ses paupières se soulevaient, la verdure empierrée se déversait dans ses yeux, identique, à l'exception des taches dorées ciselées par les feuillages qui les festonnaient, qui avaient tourné avec le Soleil.

❦

Vite, et pour une durée inestimable, il cessa de penser. Il devint volonté, une pure volonté hantée par elle-même, sa survie, le but qu'elle se fixait ; volonté de manger, de boire, d'uriner, de déféquer en cachette des nuages ; volonté de marcher, d'atteindre *cette* rivière, *cette* colline, *cet* arbre effondré en travers d'une forêt pour se blottir en lui, et dormir à l'abri de tout. Il désirait ce monde, sans le voir. Il se voulait intact, inaltérable dans le bain du temps qui le recomposait sans cesse, et le pulvérisait.

Il devint superstitieux.

Sitôt qu'il se voyait contraint de s'arrêter par une averse, une nuit trop obscure ou l'épuisement, il se repassait en pensée ses derniers gestes, certain que l'un d'eux était responsable de la gêne occasionnée dans sa marche, qu'il en subissait une forme de punition.

Il en vint à contourner les clairières, car il y avait souvent eu des averses après qu'il eut couché leur herbe fraîche. Il avait dû faire des écarts, songeait-il, des écarts irrémédiables.

Au soir, en boule sous des fougères ou prostré dans un tronc creux, il s'imaginait graine et se faisait l'espoir fou que le matin l'éveillerait avec des couleurs de fleur.

*Oui ! Devenir fleur parmi les fleurs !*

L'aurore avait ses rituels, ses règles liturgiques. Il posait son front contre l'écorce humide des arbres, ses frères les plus fidèles. Il récoltait la rosée sur les pierres, les pétales des fleurs et la répandait sur son visage, lui accordant la vertu d'une panacée.

L'espoir d'une existence entière à marcher, à visiter la nature l'abusait jusqu'aux dernières ardeurs du petit matin.

Lorsque le Soleil s'élevait, il était au désespoir car toute l'aurore basculait, s'effritait dans un luxe délabré, funeste et sans saveur. Alors, il lui semblait traverser de grands trous noirs ménagés entre les heures vespérales qu'il fallait oublier, dévorer par la marche. Il se résumait à un mot égaré entre deux phrases. L'une était morte, l'autre sur le point de l'être.

Parfois, quand il se sentait disparaître, pour se rassurer, être sûr qu'il existait, il ramassait ce qu'il trouvait, cailloux, fruits secs ou branches mortes. Il leur donnait un nom et les jetait, un sourire au visage.

Il se mit à chercher quelque chose, il ne savait quoi.

Une fois, il découvrit une empreinte de pas au milieu d'un layon. C'était curieux. En cet endroit dépourvu de terre, réduit à une épaulée pétrée où les racines des arbres s'étaient immiscées, la trace était restée, avait subsisté.

*Dans un effort qui perdurait depuis des siècles*, songea-t-il.

Comment cela avait-il été possible ? Le pied était d'une dimension humaine, commune. Comment cela avait-il pu perdurer, malgré la pluie, malgré le vent ? Il releva la tête, guigna les arbres, les halliers, les buissons, chaque mouvement perceptible dans le vert.

Il expérimenta une nouvelle forme de peur.

Il se mit à croire aux bêtes anthropomorphiques, hautes sur pattes. La nuit, il se réveillait au moindre murmure. Il décida de dormir en altitude. Il redoutait plus fort d'être dévoré dans son sommeil, ou amoindri d'un membre qu'on lui eût sectionné. Le plus douloureux venait des contrées plates, peuplées d'herbages. Aucun perchoir naturel ne le protégeait, et il s'imaginait des prédateurs partout, derrière chaque touffe d'herbe soufflée par un froissement de vent.

Il en voulut à son imaginaire, toujours fertile. La faim et le froid, ajoutés à la peur, le vivifiaient, réveillaient des formes qui guettaient au fond de lui, malgré lui, et l'effrayaient plus que nécessaire.

Il se sentait nourri, comme un livre ouvert condamné à tourner ses propres pages ou à tomber en poussière. Il était devenu un livre de chair, se brunissait à tous les soleils qu'il croisait, où s'écrivaient toutes ses blessures, ses joies et ses peines.

Il rechercha les futilités comme on le ferait d'un refuge, bien qu'il sut que la nature ne conserve rien de *superflu* entre ses bras puisque tout y offre une utilité, de la couleur d'un pétale à la goutte d'eau qui ruisselle, destinée à l'oiseau de passage, aux souffrances de l'air.

Et lui, quelle était sa raison d'être ? Contempler la nature ? Et si ce qu'il envisageait pour des futilités vis-à-vis de la nature le considérait au pareil ? Oui, n'était-il pas la futilité d'un autre être ?

Il fit une entorse à son vœu de solitude. Il visita un village populeux où se déroulait une fête, la fameuse *fête des masques* de l'Ymérie où chacun est invité à se déguiser à son gré.

On avait drapé les maisons d'étoffes chamarrées. Aux arbres de la grand-place des chevelures de crépon bouillonnant tremblotaient. On avait noué aux berges de la rivière de fins fils avec, tout au bout, des mobiles de verre qui rutilaient dans l'onde, sortes d'yeux de poissons extraordinaires qui ne laissaient jamais voir leur corps dans une forme de pudeur qui tenait d'un secret divin.

Et puis, il y avait l'ivresse. On pouvait boire sans compter de la bière et rêvasser, tituber à l'envi. Ghilsham n'avait pas oublié le goût de l'ale, ni la sensation qui vient avec l'excès, et met chaque membre dans un sarcophage tiède et cotonneux que l'on chérit avec tendresse.

Il musarda, inconnu parmi ces villageois masqués qui croyaient se connaître, le certifiaient à visage à découvert, mais qui ne se reconnaissaient plus les uns des autres dans ces circonstances d'ivresse et d'anonymat, changés, portés à un autre degré de conscience. Alors ils se voyaient comme on voit un sémaphore mis à distance par des courants trop forts. L'alcool les écartait les uns des autres, bien qu'ils pussent s'entrevoir, encore, à travers une brume chaleureuse. Ils expérimentaient, sans lassitude, cette limite respectueuse qui vient entre les ivrognes, comme l'îlot ou le roc sépare le navire du sémaphore.

Ghilsham apprit ce village, vieil ami dont il aurait perdu la confiance. Il déambula dans le jour et, très vite, comme si le Soleil se mettait entre parenthèses, la nuit tomba, lui révélant des choses qui lui avaient échappé dans la furie festive, à la clarté du jour.

L'ivresse, sa longue déambulation, l'avaient conduit à un niveau de vibration révélateur de formes nouvelles, déposées là, tout autour de lui, manières d'illusions et de distractions dont il fallait se déjouer afin de trouver la vérité, *sa* vérité.

Il s'imaginait tomber dans un grand jeu de pistes.

La solution à son ivresse se trouvait quelque part.

Il ne parla pas, à personne. Il se contenta de saluer, grimé à la perfection, du loin de son costume si réussi de pauvre hère qu'il choyait depuis des années, qui lui seyait à merveille.

Des enfants le cernèrent, en firent l'œil de leur ronde, lui substituant pour un temps son pâle cœur par un autre qui décupla sa sensibilité et le mit au bord des larmes.

Ghilsham voyait, au-delà des apparences. Si on faisait ce geste-là, il distinguait toute une quantité de fils se mettre en action, comme ceux noués aux membres des marionnettes. Les libertés évoluent dans des limites strictes, elles aussi, avec leurs règles bien établies.

Et lui, qui le manipulait ? Qui le menait par ces terres de l'Ymérie quand le chagrin aurait dû l'anéantir ?

Il trouva une fontaine où roucoulait une eau claire. Au-dessus flambaient des lampions, entrelacés telles des lignes d'amours multicolores. Il plongea la tête, jusqu'aux épaules, puis s'en fut au hasard des ruelles auréolées de lumières tantôt vives, tantôt vacillantes, avec un regard fou.

Il vit des enfants vomir, repartir de plus belle.

Il vit une femme gifler son époux. Il vit l'homme pleurer, derrière un mur en friche.

Il resta interdit devant un curieux pot en cuivre orné de fleurs, frappé en forme de tête de dragon. Une fratrie de créatures bizarres dansait dans ses yeux, des lutins, des gnomes et des fées. Ce n'était pas tant son aspect que son reflet sur la matière qui le figea, mais lui, là, entre les yeux en amande de la créature. Le monde s'effaça autour de lui. Il perdit connaissance, s'imaginant que sa figure se métamorphosait en cuivre liquide, qu'elle se déversait sur un chemin le jetant dans l'anonymat, un oubli éternel.

❀

Des forêts très noires, très humides et mortellement silencieuses prospèrent dans l'Ymérie.

Ghilsham vint à s'y perdre, séduit par la couleur d'une fleur magnifique qu'il trouva, ici et là. Il en ignorait le nom, l'espèce. Elle le nourrissait pour des jours entiers.

Il la suivait sans désemparer, et c'était un comble de bonheur que de la retrouver, toujours, quand son espoir se renfrognait et qu'il se sentait à bout. Elle dégageait une légère phosphorescence rose et brillait parfois comme une bouche amarante et humide. La fleur poussait partout, s'accommodait de tout, défiait la pesanteur qui le tenait droit sur terre.

À mesure qu'il s'était aventuré plus avant entre les fûts de lumière et de corne noire, elle avait changé le désir qu'il en avait en un besoin vital. Il passa beaucoup de temps à la regarder, circonspect quant à sa signification. Car, dans ses yeux, le monde lui était devenu une somme de symboles qu'il devait décrypter pour trouver sa voie.

La fleur prospérait sans distinction aucune sur des branches hautes, des arbres morts enclavés à des volis, des ventis ou abattus par l'extrême vieillesse.

Il se questionna sur le curieux procédé d'ensemencement de cette fleur.

Le vent du dehors ne s'aventurait jamais dans cet inextricable *ici-bas*, de sorte qu'il n'y avait aucune explication plausible à ce que les graines se dispersent ainsi.

Il y en avait, là, tout près de lui. De ces fleurs étranges chatoyaient dans la presque-pénombre.

Il cilla, huma très fort le parfum du sous-bois, vaste fouillis de mousses, d'usnées grisâtres qui festonnaient chaque arbre. Il ramassa une fleur, la goûta. Elle lui évoqua la craie, la fraise, le sorbet au citron. Il se mit à croupetons et ferma les paupières. L'arôme de rhum lui vint en bouche, traversé par la pointe amère de l'écorce d'orange. Incidemment, il songea à des barques tournoyant sur une eau calme. Des parfums de fête difficiles à déterminer le hantèrent. *Une ivresse de fleur,* songea-t-il, le sourire aux lèvres. *J'ai une ivresse de fleur au cœur.*

❦

Il consomma le temps, comme une liqueur d'oubli.

Il consomma le temps, comme on ferait un vœu.

Il consomma le temps, perdu, dans l'apprivoisement d'une peur indicible.

❦

Un jour, visitant un archipel de ces mousses étendues telles des robes festives sur les arbres, il dut choisir entre sa fleur au parfum capiteux et un morceau de pain.

Il s'assit, fixa l'un et l'autre, dubitatif. Cela n'avait rien d'exceptionnel. Il connaissait le goût du pain. Il connaissait le goût de la fleur. Qu'ils furent côte à côte l'interpellait. C'était comme une antonymie, deux pôles contraires qui se tiendraient face à face, sans s'anéantir.

Le morceau de pain faisait une tête en longueur, et Ghilsham estimait qu'il y avait là de quoi se sustenter pour longtemps.

Il s'interrogea, guigna sa fleur préférée.

Était-ce un défi qu'elle lui lançait dans le but de mesurer l'étendue de sa fidélité, et peut-être de lui arracher à jamais la beauté qu'il retirait d'elle, s'il y succombait, parce qu'il la volait sans rien donner en retour ? Cependant, il lui apportait un peu de soi, il l'admirait et il n'y avait rien de factice en cela.

Il effleura le sol tout autour du pain, le tourna, huma sa fraîcheur avant de reculer.

La peur grésillait dans son corps, mais il ne s'en alla pas, échoué tout entier dans une inexplicable séduction qui le réduisit à l'inaction. Apathique, il s'endormit dans la douce torpeur de son indécision.

Le lendemain matin, tiraillé par un souvenir tenace, oubliant sa fermeté de caractère qui lui intimait l'ordre de ne manger ce morceau de pain sous aucun prétexte, il se jeta dessus.

Une voix caprine traversa la grisaille. Il y avait un vieillard, tout près. Il ne l'avait pas remarqué dans sa tenue couleur de feuilles mortes.

« À présent, tu es en *mon* pouvoir, Ghilsham.

Le vagabond fut traversé d'un rire de folie, puis continua à bâfrer, à dévorer son pain sans lui prêter attention.

Le vieillard s'approcha, détailla cette répugnante apparence qui lui était venue dans son errance sylvestre. Les lentes et insidieuses déprédations du vent, de l'eau et de la terre l'avaient mis en haillons. Il examina longuement le tatouage apparent à son bras, celui d'une licorne noire. Malgré lui, de la salive monta entre ses dents, sous sa langue, et il dut cracher pour s'en débarrasser.

Il y avait des années qu'il étreignait ce moment en pensée, des années qu'il avait semé de ces fameuses fleurs destinées à attirer l'enfant des licornes, l'enfant rêvé par ces créatures d'autre part. Cet enfant avait pris forme ici, dans l'Ymérie, dans le royaume de l'Oddenath, et il s'était perdu, car il n'avait pour mobile d'existence que celui d'avoir rempli le rêve des licornes, tout le reste de sa vie était vain, et il venait de l'attraper, *enfin !*

Il ramassa un peu de terre et la lui jeta au visage, juste pour lui rappeler sa présence. Puisque ce vagabond l'ignorait et continuait sa détestable mastication, il leva la main, referma doucement ses doigts sur une boule invisible. Aussitôt Ghilsham cracha, se recroquevilla sur soi. L'issue à sa douleur, sut-il, se trouvait dans la paume de ce vieillard surgi de nulle part qui le regardait, mi-paternel, mi-vainqueur. Il écarta ses phalanges, mettant un terme à sa souffrance dans un geste très doux.

– Tu *es* en mon pouvoir.

Ghilsham tenta de s'échapper. Son vis-à-vis lui permit d'espérer, sur quelques mètres, avant de refermer sa main pour le foudroyer plus fort. Ghilsham s'effondra, la bave aux lèvres.

– Que m'as-tu fait le vieux ? grogna-t-il derrière un rideau de larmes. Laisse-moi partir.

– Je ne suis pas une apparence, mets-toi bien ça dans le crâne. Je suis la réalité. Tu es en *mon* pouvoir, Ghilsham. Tu as volé mon pain. Tu m'es redevable. Tu ne partiras pas avant de m'être quitte.

– Ma liberté. Ma liberté. Rendez-moi ma liberté !

– Oui, peut-être. Sans doute. Pour le moment, tu m'es redevable. Après, oui, nous suivrons chacun la route vers quoi nous tendons. Tu devais passer par moi, et moi par toi. Tout soudain, il lui tira les cheveux et hurla. Tu es à moi, à moi, à moi ! Pauvre fou. Pauvre vagabond !

Il recouvra son calme, le relâcha.

– Que vous ai-je fait ? bredouilla Ghilsham. Vous aurais-je causé quelque tort ?

– Non. Ta mémoire en loques n'a aucune défaillance. Je ne t'ai jamais rencontré, nulle part.

– Alors, quoi ? Pourquoi ?

– Ce pain que j'ai posé était destiné à attirer un cœur pur, ce que tu es.

– Je ne suis pas pur. Vous vous trompez. Vous me confondez avec une autre personne. Nous avons tous des sosies.

– Peut-être que oui ? Peut-être que non ? Cependant, si tu as le tatouage d'une licorne au bras, tu dois l'être un peu.

– Vous vous trompez, je.

Il leva la main pour le faire taire.

– Pour en être certain, je vais te confier la mission que j'avais destinée à un cœur pur. Par la même occasion, tu pourras t'amender.

– Que voulez-vous que je fasse ?

– Acceptes-tu ?

– Ai-je le choix ?

– Non. Tu n'as pas même le choix de ta mort, car elle frappe ceux qui marchent en premier. Tu ne sais faire que ceci, marcher, encore et encore, n'est-ce pas ? Et tes vieilles cannes te portaient, encore.

Il s'agenouilla tout près de lui, une main dans son dos car il craignait que dans un moment d'inattention il ne lui sautât à la gorge.

– Voici le travail que je te propose afin de t'amender de ton larcin. Il y a tout près d'ici un oiseau de pluie. Son nid est au sommet d'un piton rocheux. Au-delà de l'épreuve physique qui consiste à l'escalader, ce dont je suis incapable, il te faudra ramener l'oiseau, vivant. Seul toi peux l'attraper sans le briser car ton cœur est pur, pas le mien, et il riota.

– Et si je ne suis pas pur ?

– Il te dévorera et, ma foi, je devrais replanter de mes si jolies fleurs. On n'approche pas les splendeurs sans en payer le prix, Ghilsham. L'oiseau est de ces beautés qui tuent les impuretés qui sont en nous, tel un arc lumineux. Si l'on a assez de beau en soi, on survit à l'épreuve.

– Mais on en ressort différent, quelle que soit l'issue.

– Sans doute. Sans doute. Tout ce que nous touchons dans ce bas monde nous change, non ?

– Sans doute, répondit Ghilsham, las.

– J'allais oublier ! Tu me cueilleras une fleur, s'il te plaît. Tu verras, elle pousse dans le nid de cet oiseau ; une amarante qui engendre le mépris des choses.

Il donna une légère inflexion aux jointures de ses doigts. Ghilsham se leva aussitôt, asservi par la douleur. Si son esprit avait été plus libre il lui aurait résisté et tout se serait terminé, enfin. Mais il n'avait pas trouvé la paix depuis la mort de Flínkrýss, et pas plus depuis son errance.

Il se voyait fouler le sentier de son agonie. C'était trop tôt. Il avait peur d'être porté à incandescence, que son esprit lui échappât plus fort, jusqu'au dernier point de sa vie.

Le vieillard indiqua le chemin, la voie sans issue où grinçaient les arbres fuligineux. Mécaniquement, il avança.

ꕥ

« C'est là-bas, tout là-haut, grinça le vieux sorcier. Te sens-tu d'attaque à l'escalader, dès maintenant, ou veux-tu un peu de pain pour reconstituer tes forces ? Le vagabond secoua la tête. Pas la peine de me remercier. Je n'ai aucune pitié à ton égard. Je veille juste sur mon instrument. Ce serait dommage qu'il s'émoussât à mi parcours.

Ghilsham s'assit sur un rocher perdu parmi tant d'autres. En soi, pour un homme en bonne condition physique, ravir le sommet de ce piton n'avait rien d'insurmontable. Mais lui, il vagabondait depuis si longtemps et mangeant si peu qu'il ne se sentait pas la force d'accéder à une telle altitude.

Le vieillard, devinant sa lassitude, lui servit une bière, en sus d'un morceau de pain encore plus frais que le précédent. Il s'installa un peu plus loin, entre deux blocs de granite, et le fixa. Tout autour, de la mousse mordorée composait des espèces de coussins généreux. Ses craintes que le vagabond ne l'attaquât s'étaient amoindries.

Quand il l'avait fait marcher devant lui, il avait analysé chacun de ses pas, s'était mis en quête de ses pensées, de l'esprit qui leur donnait forme. Cet homme-là, sut-il, était sans espoir.

Il l'admira, le détesta.

Ce vagabond, il avait su se séparer de la meute humaine pour se consacrer à la réalité du monde, à son insupportable solitude. Les licornes l'avaient rêvé pour qu'il fût dans le monde, entier, c'est-à-dire, au bout de tous les comptes, seul. Il avait trouvé la voie vers des chemins qu'il avait toujours redoutés.

Ghilsham avait traversé l'épaisseur de l'air, sa saleté, sans état d'âme, univoque, infrangible et pur tel un rai de lune qui revient, encore et toujours, plein de sa qualité première.

De tout cela, de toute cette patience, cette acceptation de l'exil dans cette grande fleur de mort qu'est le monde, le vieux sorcier se savait incapable. Lui, il faisait le va-et-vient entre les forêts et les cités, toujours rattrapé par ses appétences, ses vulgarités, ne gagnant aucun degré dans son art noir, sa goétie de pacotille.

L'oiseau de pluie pourrait peut-être le rapprocher de cette clairvoyance qu'il recherchait, bien qu'il doutait qu'un objet, tout magique fut-il, pût changer son essence et l'ennoblir plus qu'un certain temps. Mais quelle certitude avait-il ? Pourquoi devrait-il échouer, encore ? Il devait redevenir jeune, gagner du temps, revenir en arrière et tenter de dominer ses vieux démons.

L'amarante. La fleur qu'il lui avait demandée était la clef pour assaisonner le corps de l'oiseau, le mettre pour de bon dans le mépris des choses terrestres.

*In petto*, il se moqua de lui-même. De toute sa vie il n'avait été bon qu'à emberlificoter de piètres maléfices, à bâfrer, à tromper ses semblables à travers ses maigres pouvoirs.

En silence, il rendit grâce à n'importe quoi, à n'importe qui pourvu que ces ingrédients lui apportent ce qu'il espérait tant. Quand il se sentait trop au bout de lui-même, dans cette impasse qui le renvoyait à sa hideur, il aurait pu s'empaler d'une lame à travers le cœur.

Irait-il brûler dans la bouche du phénix qui emporte les âmes, pour peu que la légende fût vraie ? Mais n'était-ce pas qu'un vœu pieux, une image qui voilait le néant ?

Et cependant il y avait cet homme, Ghilsham, ce vagabond au tatouage de licorne qui vivait, infatigable étincelle dans l'œil du monde qui l'engloutissait. Comment toucher à sa foi, au sacré qui lui alimentait invariablement le cœur ?

Et s'il devenait comme lui, sa solitude enfin entière n'allait-elle pas le mettre dans la même mélancolie ? Un instant, il douta. Vivre comme lui, c'était aussi ne plus exister, n'être qu'un fil dans le continuum qui brille, depuis l'œil du faucon, la bouche des baleines, le tronc du cèdre, jusqu'au filet de bave déposé sur le sol, après l'effort.

– Je suis prêt, dit Ghilsham, le faisant sursauter.

Le vieillard se leva à son tour, livra ses dernières recommandations. L'oiseau. La fleur. L'équation du succès était simple.

Ghilsham leva la tête, cherchant la fin de cette aventure.

Cela ne paraissait pas si impossible à réaliser à présent que son ventre était plein.

Lentement, il monterait lentement, habituerait son corps à l'effort vertical, lui qui n'avait été qu'un fantôme de l'horizontal.

– Tu as de la chance, Ghilsham. Le temps t'est favorable pour ton escalade. Il ouvrit les bras, comme pour louer la lumière qui frisait tout autour du piton dans un chatoiement idyllique.

Le vagabond s'en fut, commença à chercher les meilleures prises.

Les aspérités, nombreuses, lui laissaient l'embarras du choix. Mais il dut contourner le rocher par deux fois car la voie d'accès vers le sommet, si elle semblait offerte à ses mains, se refermait au bout de cinq ou six mètres dans une impasse qui lui imposait de redescendre.

ꕥ

Là-haut, l'air se fit plus pur. Il était si bon à respirer. Il lui devint indispensable. Là, parmi ces altitudes insoupçonnées, il aurait aimé vivre. La lumière le berçait, le dorait, sorte de chatoiement, de miel sensoriel.

Vivre parmi les oiseaux, songea Ghilsham. Ce vœu fou, il se l'était fait à maintes reprises pour le sentir se matir d'un irrémédiable regret. Il était né dans de la chair humaine. C'était ainsi.

Cette impossibilité l'avait toujours fait souffrir. Oui, il eût aimé être un oiseau, un poisson, un ver de terre, du feu, du fer et de l'eau, à loisir, à plein cœur, à pleins poumons, le lendemain, dès maintenant ! Il ferma ses paupières. Lorsqu'il les rouvrit, il était encore dans sa noble prison.

Il s'écorcha les mains le sourire aux lèvres. Le sommet se rapprocha, changeant l'inaccessible en plausible.

La silhouette du sorcier était très loin en dessous, parmi la masse luxuriante des feuillages, tel un mauvais souvenir.

*L'oiseau de pluie et l'amarante*, se répéta-t-il. *Ensuite, ma liberté, mes mains sur les arbres, à jamais, mon corps embrassant l'eau, l'herbe givrée, mon cœur et ma face se séchant au Soleil et aux vents. Et l'horizon, proche, lointain, à jamais rafraîchi pour la faim de mes yeux.*

Il s'immobilisa longtemps le visage près du sommet, pris de panique et de peur. Cet oiseau de pluie était peut-être dangereux ? Pourquoi vivait-il si haut ? Qu'avait-il à cacher ? Était-il si loin de tout afin de protéger de lui ceux qui l'auraient pu chercher, ou le croiser par hasard ?

Il se passa une main au front. Elle tremblait. Encore cette maudite chair humaine dont il perdait le contrôle. Le sang, son propre sang avait séché, emprisonné un peu de la poussière de pierre. Cela brillait, faisait comme des éclats stellaires sur sa peau.

Le vent, curieusement, ne soufflait pas à cette altitude, comme s'il était parvenu autre part, loin des contingences terrestres, dans une strate hors norme.

Il serait resté des heures à sourire ainsi au ciel, aux nuages vagabonds, à la dérive des oiseaux n'eût été ce sorcier à la paume *douloureuse*, quelque part là-dessous qu'il sentait l'épier du plus loin qu'il se trouvait.

La sueur lui coula du front. Une pointe de douleur lui traversa les yeux. Depuis tout ce temps qu'avait duré l'ascension il avait fini par se croire hors d'atteinte.

Mais non, le sorcier le sentait, le savait au bout de sa quête.

Dans un sursaut, il se hissa au sommet, sur le surplomb herbu où le fameux oiseau était censé avoir son nid.

Et il était bien là, endormi, pas plus conséquent que le poing de Ghilsham. Son nom *d'oiseau de pluie* était un admirable qualificatif.

Son corps était de verre, d'un verre étrange et liquide qui brillait, se dilatait, se contractait sans se jamais sécher. En dessous, sorte de paysage intérieur, c'était le plumage le plus beau que Ghilsham n'avait jamais vu ; des ocelles noirs cernés de bleu et de mauve, des pigments dorés qui s'effilochaient dans toutes les directions, comme des rais solaires, lesquels pointaient au cœur d'autres pigments, encore et encore, dans un tournoiement étourdissant.

Il se demandait si c'était lui, son propre imaginaire qui le faisait si beau, qui le lui montrait de la sorte. Avait-il tant de beauté au fond de lui ? *L'oiseau de pluie*, songea-t-il, *serait-il la matière ultime qui permettrait à nos rêves de prendre forme, devant nous ?*

Il ne pouvait voir la tête de cette créature onirique, cachée sous une aile. Ses pattes étaient chacune dotée d'une paire de griffes rouges plantées dans le vert tels des crocs sanglants, pleins de vie.

L'amarante, était là, près de l'oiseau. Ghilsham ne comprenait pas qu'elle fut unique puisque l'amarante pousse en grappes de fleurs.

À y bien regarder, la fleur s'animait, doucement, au diapason de la respiration de l'oiseau.

Ghilsham fit un premier pas, un second. Le troisième achevé, la créature s'animait, déployait l'aile qui le dissimulait en partie. Elle ne garda sa tête d'oiseau que très peu de temps. Une paupière invisible vint l'effacer pour un miroir, qui refléta le visage de Ghilsham.

Il resta longtemps ainsi, immobile, happé par la fascination qu'il avait de se voir, de voir son sosie avec des ailes minérales.

À la fin, se souvenant du vieillard, le vagabond se secoua, l'attrapa sans hésiter d'une main.

La créature ne se débattit pas, ne chercha pas à s'enfuir. Dans sa curieuse résignation elle ne bougeait pas. Le reflet de Ghilsham lui souriait, lui proposait de cueillir la fraîcheur amarante.

*La fleur. Il ne faut pas l'oublier !* Il la coupa.

La tige exhala une puissante odeur de myrte. Là, sur le sol, ce qui était resté s'effondra en un petit tas de cendre. Il empocha l'amarante et s'approcha du vide. Vite, la volonté du vieillard qui *savait* la bonne nouvelle rôda près de lui, sorte de pestilence mauvaise. Il redescendit du plus vite qu'il le put.

Quand il se permettait des pauses pour se garder des crampes, l'oiseau remuait dans sa paume. Là, son propre visage lui souriait. Parfois, il n'y avait plus du tout de face, juste un éblouissement vaste et profond qui lui rappelait les vestiges d'un arôme familier. Alors il détournait les yeux, redoutant de plonger à l'intérieur, comme cela s'était passé avec la Reine de l'Été. Parfois aussi il entendait des rires, des cris, des bruits d'épées, de fer, de glace qui se fend, font crépiter des pierres humides, et il voyait des couleurs d'illusions sourdre sur des océans pâles.

❀

Le vieux sorcier guettait. Il ne tenait plus en place, faisait des allers et retours entre les rochers, comme s'il était pris de la folie d'y tracer un sentier. Il avait fait un feu ; de l'eau bouillait dans un petit chaudron bosselé.

Extatique, voyant Ghilsham à portée de main, il ne se rendit pas compte que la sienne se refermait. Le vagabond, à qui il ne restait plus que quelques mètres avant d'atteindre la terre ferme, tomba lourdement sur le dos. Le vieillard saisit l'oiseau avant qu'il ne se brise, le jeta sans cérémonie dans le bain bouillant, yeux écarquillés, comme pris de folie. Dans un rictus il le regarda mourir, sans un cri, se liquéfier, puis s'intéressa de nouveau au vagabond.

À demi assommé il était resté là, hagard, sur un roc, les mains aux tempes. Le sorcier le secoua par les épaules.

– La fleur ! L'amarante ! Où est-elle ? L'as-tu oubliée ? Sombre crétin !

Dolent, Ghilsham effleura sa poche, ou ce que ses longues pérégrinations en avaient laissé. L'amarante était là, souriante dans sa livrée parfaite. Le sorcier s'en empara, l'expédia sur-le-champ dans le chaudron, avant de rire.

– Vous allez pouvoir vous libérer des choses terrestres, ânonna Ghilsham.

– Me libérer de *quoi* ? Pauvre idiot. Redevenir jeune, oui !

– C'est donc ce que vous voulez ? redevenir jeune ? s'indigna Ghilsham, la conscience embrasée par un éblouissement.

– Que t'importe, le crasseux, que je change d'avis comme de chemise ! Va, va ! Tu peux partir, et loin de moi, merci beaucoup pour ta contribution à mon bonheur ! Tu ne m'es plus d'aucune utilité.

– Comment ? C'est tout ?

Le vieux sorcier agita la main, faisant mine de le congédier, comme une quantité négligeable. Ghilsham se plia en deux et vomit.

Dans ce pain qu'il n'avait pas digéré, et qui fumait devant lui, il remarqua un ver noirâtre qui se contorsionnait ; il y avait des crochets à chaque anneau, encombrés de morceaux de chair sanglante, sa propre chair, un peu de son estomac. Le sorcier avait dû fourrer cela dans la miche et, sous son ordre, cette chose l'avait torturé. Écœuré, plus par le procédé que par ce qu'il lui avait fait subir, Ghilsham se releva. Dans un sursaut de pusillanimité, le vieillard avait tiré son couteau, craignant un mauvais geste, mais le vagabond l'avait salué et s'en était allé, chancelant au début, puis libre et très fier, le laissant à sa cure de jouvence dépourvue de noblesse.

Une avancée de lumière tombée d'entre les feuillages des arbres lui effleura le visage, les épaules et les mains. Le sorcier ne le revit plus.

Ghilsham traversa tous les pays d'Ymérie, ne s'attachant qu'à la mécanique de son pas, unique horloge qui, au bout de tous les comptes, ne faillit pas. Il redoutait que ses yeux se fatiguent, ne l'éloignent trop vite du monde.

Quand une lassitude l'effleurait il y avait toujours une forme, un éclat, un tournoiement flou qui diffusait son mystère au bord de l'horizon et lui redonnait de l'allant.

Le désert l'accueillit, tel un bonheur suprême.

Le jour, il suivait les ombrages qui s'amenuisaient en sylves impalpables, jusqu'à midi.

Les débuts d'après-midi étaient pénibles. Il se galvanisait le corps, se remontait le moral au souvenir de la nuit.

Parfois, il se questionnait au sujet de toutes ces dunes. Qu'étaient-elles censées lui dire ? Étaient-elles un message, que sa vie ne lui avait pas permis de décrypter ? Y avait-il des créatures à l'intérieur, des peuples entiers qui projetaient ce grand rêve brûlant de sable évanescent entre ses pieds ?

Souvent, il y plongeait les mains sans jamais trouver de limite, sans trouver le battant d'une porte par où s'échapper. Il sentait qu'elle était cachée quelque part sous ses pas, qu'elle se dérobait à son désir.

Ses mains n'étaient plus rouges.

Elles avaient la couleur du ciel, son bleu très pur.

L'eau vint à lui manquer au corps. Quand il marchait, il traçait des lettres qui formaient son prénom.

Il ne sut si ce fut le Soleil qui le terrassa ou la certitude d'avoir vu tout ce que son cœur désirait. Il s'écroula dans le *g* de son prénom, le « nombril » de son identité comme il se l'était souvent dit.

Après les tempêtes ardentes qui lui traversèrent le visage et lui incendièrent les yeux, il s'abandonna à cette paix intérieure dont il reconnaissait enfin le nom.

Il regardait parfois droit devant. Le décor, bien qu'il fût immobile, se déplaçait au gré de sa volonté.

Une nuit, il aperçut un ballet de lumières. Elles étaient mauves, bleues, peuplées de ce qui l'avait presque chaviré quand il avait regardé au fond de l'oiseau de pluie, sur ce piton rocheux hors de tout.

Flínkrýss, se remémora-t-il, avait évoqué les Kobolds. Il avait visité leur palais. C'était peut-être cela qu'il entrapercevait là-bas ? Cela que Flínkrýss, où qu'il se trouvât, avait fait migrer de sa réalité d'autre part vers une porte de son univers ?

Il se releva, marcha vers l'élégante illusion qui colorait l'air.

« Je suis lumière. Je suis poussière. » murmura-t-il.

*fin.*

www.ingramcontent.com/pod-product-compliance
Lightning Source LLC
Chambersburg PA
CBHW021622030826
48979CB00035B/1494/J

* 9 7 8 2 9 5 4 8 6 2 3 7 8 *